紫式部と源氏物語の謎55

古川順弘

PHP文庫

○本表紙図柄＝ロゼッタ・ストーン(大英博物館蔵)
○本表紙デザイン＋紋章＝上田晃郷

はじめに

来年（二〇二四年）のNHK大河ドラマが『源氏物語』を生んだ紫式部の生涯を描く『光る君へ』となったことで、このところ、『源氏物語』や紫式部への関心がとみに高まっている。

今からおよそ千年前の平安時代なかばに誕生した『源氏物語』が、日本文学の大古典であることは言うまでもない。光源氏（ひかるげんじ）の恋物語を中心に描かれた典雅な王朝世界は、平安時代以降、常に賛美と憧憬（しょうけい）の対象でありつづけ、絶えることなく日本人を魅了しつづけてきた。二十世紀に入ってからは多くの外国語に翻訳され、「世界最古の長編小説」とも評されて、もはや世界文学の古典にもなっている。

しかし、全部で五十四帖（じょう）（巻）というその長大さや登場人物の多さ、ストーリーの複雑さゆえに、たとえ現代語訳であっても、この物語を読み進めることに挫折してしまう人は多い。全編を読み通すことは決して容易ではない。

つまり、この名作長編小説は、よく知られているわりには、あまり読まれてはいない。その意味では、『源氏物語』は不幸な作品である。

それゆえ、この物語がじつに多くの謎をはらんでいることも、あまり知られていない。

たとえば、かつては全五十四帖ではなく、もっと多くの帖から成っていたらしい、という話がある。

『源氏物語』は「皇室の不倫」が大きなモチーフとなっているが、窮屈な宮廷社会に身を置いていた作者紫式部はこのことで咎めを受けることはなかったのか、という謎もある。

よく読むと、ストーリーに明らかな矛盾がみられる箇所もあるのだが、このことは何を意味しているのだろうか。

そもそも、現代人の多くは『源氏物語』を書いたのは紫式部だと何の疑いもなく思っているが、決して彼女の直筆原稿がこの世に残されているわけではない。そのため、紫式部以外にも作者がいたのではないのかとする「複数作者説」は古くから唱えられていて、紫式部とは全くの別人を作者に挙げる説すらある。

そんなさまざまな謎をピックアップして解説を試みたのが、本書である。

トピックの総数である「五十五」は、『源氏物語』を構成する五十四帖に本文をもたない「雲隠（くもがくれ）」帖を加えた数に合わせたつもりなのだが、ことさら深い意味はないので、そこはあまり気にしないでほしい。

明快な謎解きを示すことができていない箇所もある。限られた紙数ではとても書ききることのできない、厄介な謎もある。しかし、そういう謎にこそ、『源氏物語』の奥深さ、豊潤さがよく表れていると思ってほしい。

もとより筆者には、『源氏物語』の文学作品としての評価を貶（おとし）める気持ちは毛頭ない。むしろ、本書で提示したさまざまな謎にふれることが、『源氏物語』の味わいを深めることにつながると信じている。また、『源氏物語』に関する基礎的な情報は第一章のはじめの方で解説してあるので、『源氏物語』が未読の人にも理解できる内容になっているはずだ。

繰り返しになるが、『源氏物語』は決して読みやすいものではない。しかし、幸いなことに現代では、『源氏物語』の本文テキストに懇切に注釈を施したもの、原文を工夫をこらしてわかりやすく現代語訳したものが、数多く出版されている。

本書が、まだ『源氏物語』を読んだことがない人には読んでみるきっかけに、読んだことがある人には読み直すきっかけになってくれれば、と願っている。

紫式部と源氏物語の謎55

目次

はじめに　3

第一章

『源氏物語』とは
――作品をめぐる謎

第二章 なぜ光源氏が主人公なのか
――物語をめぐる謎

第三章 『源氏物語』はどうやって書かれたのか
——成立をめぐる謎

第四章 なぜ『源氏物語』は読み継がれたのか
――受容史をめぐる謎

第五章 本当に紫式部が書いたのか ——作者をめぐる謎

第一章

『源氏物語』とは

作品をめぐる謎

「源氏物語画帖（源氏物語団扇画帖）」（江戸時代前期、日本古典籍データセット・国文学研究資料館蔵）の「若紫」より。北山に出かけた光源氏が紫の上を垣間見ている。

1 どんな内容なのか？

五十四巻からなる大長編小説

天皇を父にもち、容姿と才気に恵まれた光源氏は、女性遍歴を重ねながら出世してゆき、ついには上皇に次ぐ准太上天皇の地位に就き、豪邸に愛する女性たちを住まわせて栄華を極める。だが、やがて人生は悲哀に包まれだし、最愛の女性紫の上も息をひきとる。光源氏没後は、彼の子や孫の世代の男女が、複雑な恋愛模様を展開させてゆく――。

一大長編小説『源氏物語』のあらすじを極力短くまとめるとするならば、まずはこんなところが無難だろうか。

これにさらに外形的な説明を加えておくと、『源氏物語』はあわせて五十四の巻によって構成されていて、各巻には「桐壺」「帚木」といった優美なタイトルがつけられている。『源氏物語』の場合は「巻」を、一定の枚数からなる紙のまとまりを意味する「帖」という語で言い表すのが通例だが、これはこの作品が、巻子本で

源氏物語54帖（巻）一覧

第一部　光源氏誕生～39歳冬

①桐壺（きりつぼ）
②帚木（ははきぎ）
③空蟬（うつせみ）
④夕顔（ゆうがお）
⑤若紫（わかむらさき）
⑥末摘花（すえつむはな）
⑦紅葉賀（もみじのが）
⑧花宴（はなのえん）
⑨葵（あおい）
⑩賢木（さかき）
⑪花散里（はなちるさと）
⑫須磨（すま）
⑬明石（あかし）
⑭澪標（みおつくし）
⑮蓬生（よもぎう）
⑯関屋（せきや）
⑰絵合（えあわせ）
⑱松風（まつかぜ）
⑲薄雲（うすぐも）
⑳朝顔（あさがお）
㉑少女（おとめ）

玉鬘十帖

㉒玉鬘（たまかずら）
㉓初音（はつね）
㉔胡蝶（こちょう）
㉕蛍（ほたる）
㉖常夏（とこなつ）
㉗篝火（かがりび）
㉘野分（のわき）
㉙行幸（みゆき）
㉚藤袴（ふじばかま）
㉛真木柱（まきばしら）

㉜梅枝（うめがえ）
㉝藤裏葉（ふじのうらば）

第二部　光源氏39歳冬～52歳

㉞若菜上（わかな）
㉟若菜下
㊱柏木（かしわぎ）
㊲横笛（よこぶえ）
㊳鈴虫（すずむし）
㊴夕霧（ゆうぎり）
㊵御法（みのり）
㊶幻（まぼろし）

本文のない巻　雲隠（くもがくれ）

第三部　薫14歳～28歳

匂宮三帖

㊷匂宮（におうみや）
㊸紅梅（こうばい）
㊹竹河（たけかわ）

宇治十帖

㊺橋姫（はしひめ）
㊻椎本（しいがもと）
㊼総角（あげまき）
㊽早蕨（さわらび）
㊾宿木（やどりぎ）
㊿東屋（あずまや）
51浮舟（うきふね）
52蜻蛉（かげろう）
53手習（てならい）
54夢浮橋（ゆめのうきはし）

はなく冊子本の形式（列帖装（れっちょうそう））で読み継がれたからだろう（ただし本書では、わかりやすくするために原則として「巻」の表記に統一してある）。

各巻の長さはまちまちで、現代語訳だと「花散里（はなちるさと）」のように数ページで終わってしまう巻もあれば、「若菜（わかな）上」や「若菜下」のように百ページ以上も続く巻もある。ちなみに、上下に分かれている「若菜」巻は上下それぞれを一巻に数えるのが慣例となっている。また、第四十一巻「幻（まぼろし）」の次には「雲隠（くもがくれ）」というタイトルだけで本文をもたない巻が置かれているのだが、通例これは正式な巻としてはカウントされない。ただし、「『源氏物語』全五十四巻（帖）」と言う場合は、「雲隠」を含む物語全体のことをさすのが普通である。

各巻は、それ自体で独立した短編小説や中編小説として読むこともできる。そしてそれらが組み合わさることで、『源氏物語』という悠遠な大河小説を構築しているのだ。

全体は三部構成

とにかく長く、延々と続く小説で、登場人物の数は五百に及ぶとも言われているのだが、この長大な内容も、大きくは三つのセクションに分けられると考えられてきた。かなりのダイジェストにはなってしまうが、三部それぞれの内容をここで概説しておこう。

【第一部：光源氏の青春と栄華／第一巻「桐壺」～第三十三巻「藤裏葉」】

桐壺帝の寵愛を受けた桐壺更衣は美しい皇子を生むが、皇子が三歳のときに病死。有力な後見人がいないことを慮った帝は、やがてこの皇子に源氏の姓を与えて臣籍に降させた。降下した少年は、たとえようもなく美しい容姿ゆえに、「光る

『源氏物語』第1部（第1巻「桐壺」〜第33巻「藤裏葉」）主要人物系図

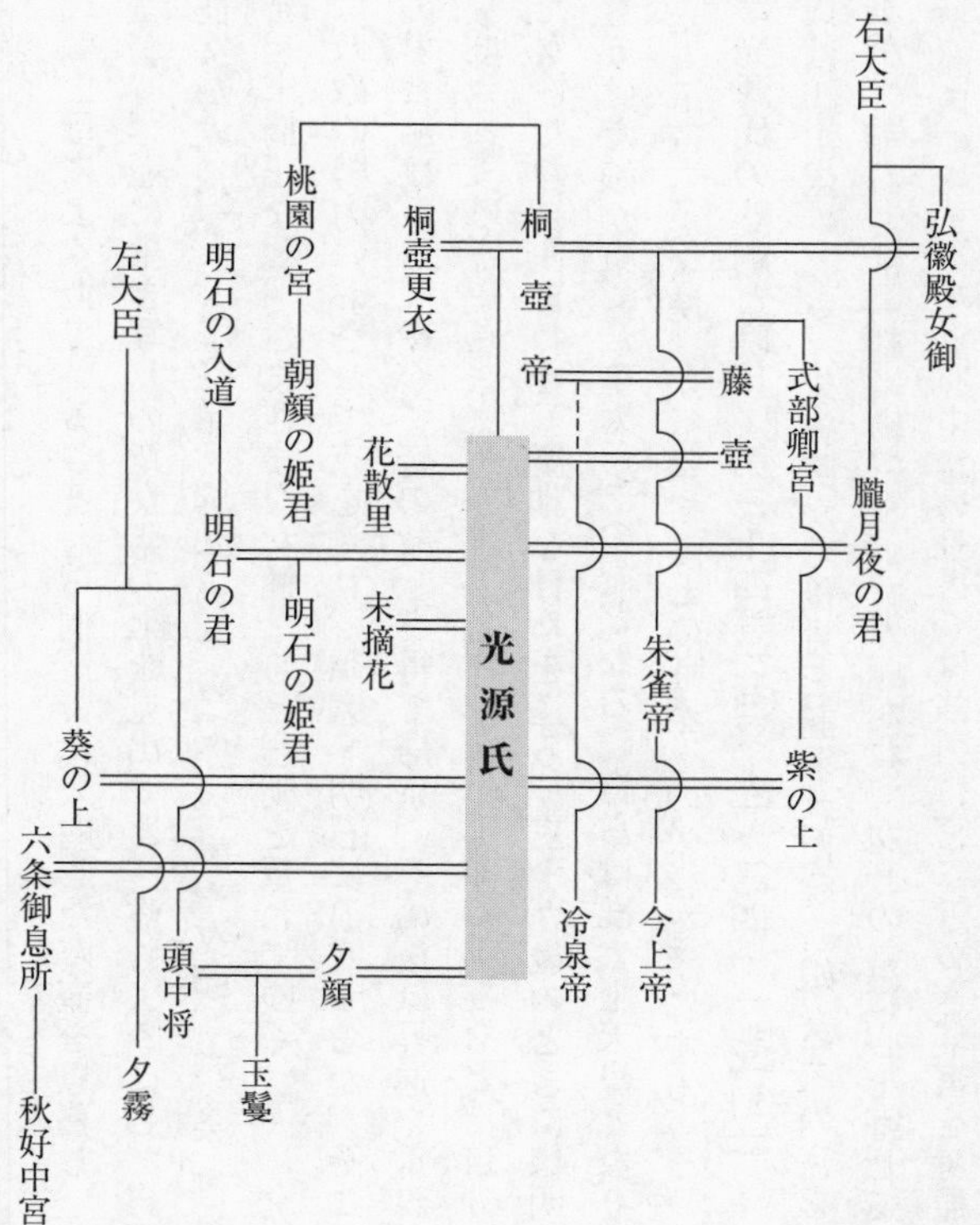

君」「光源氏」などと称されるようになる。

光源氏は亡母によく似ていることから桐壺帝に入内した藤壺を思慕し、やがて密通に至るが、藤壺に生き写しの童女紫の上を見出すと、盗むようにして自邸へ迎え取り、彼女が成長すると妻にする。その一方で、空蝉や夕顔、六条御息所、朧月夜の君、末摘花など、さまざまな女性たちと恋愛を重ねてゆく。

一時は政敵の勢力におされて京を離れ、須磨・明石に逼塞するが、そこで豪族の娘明石の君と結ばれる。やがて帝の赦しを得て帰京。その後は昇進を重ねてゆく。そして豪邸六条院を造営し、紫の上や夕顔の遺児である玉鬘など、自分が関わりをもった女性たちを住まわせ、優雅な日々を送る。三十九歳のときには明石の君との間にもうけた娘が東宮（皇太子）の妃となる。自らは准太上天皇となり、六条院に冷泉帝と上皇（朱雀院）が行幸するという至上の栄誉を手にする。

【第二部：光源氏の悲劇と晩年／第三十四巻「若菜上」～第四十一巻「幻」】

光源氏は四十歳のとき、朱雀院から後見を託された院の娘女三の宮を正妻として迎えるが、紫の上はこれに傷つく。一方、かねて女三の宮に心を寄せていた青年柏木（光源氏のライバル、頭中将の長男）は強引に宮に近づき、宮を身籠らせてし

『源氏物語』第2部（第34巻「若菜上」～第41巻「幻」）主要人物系図

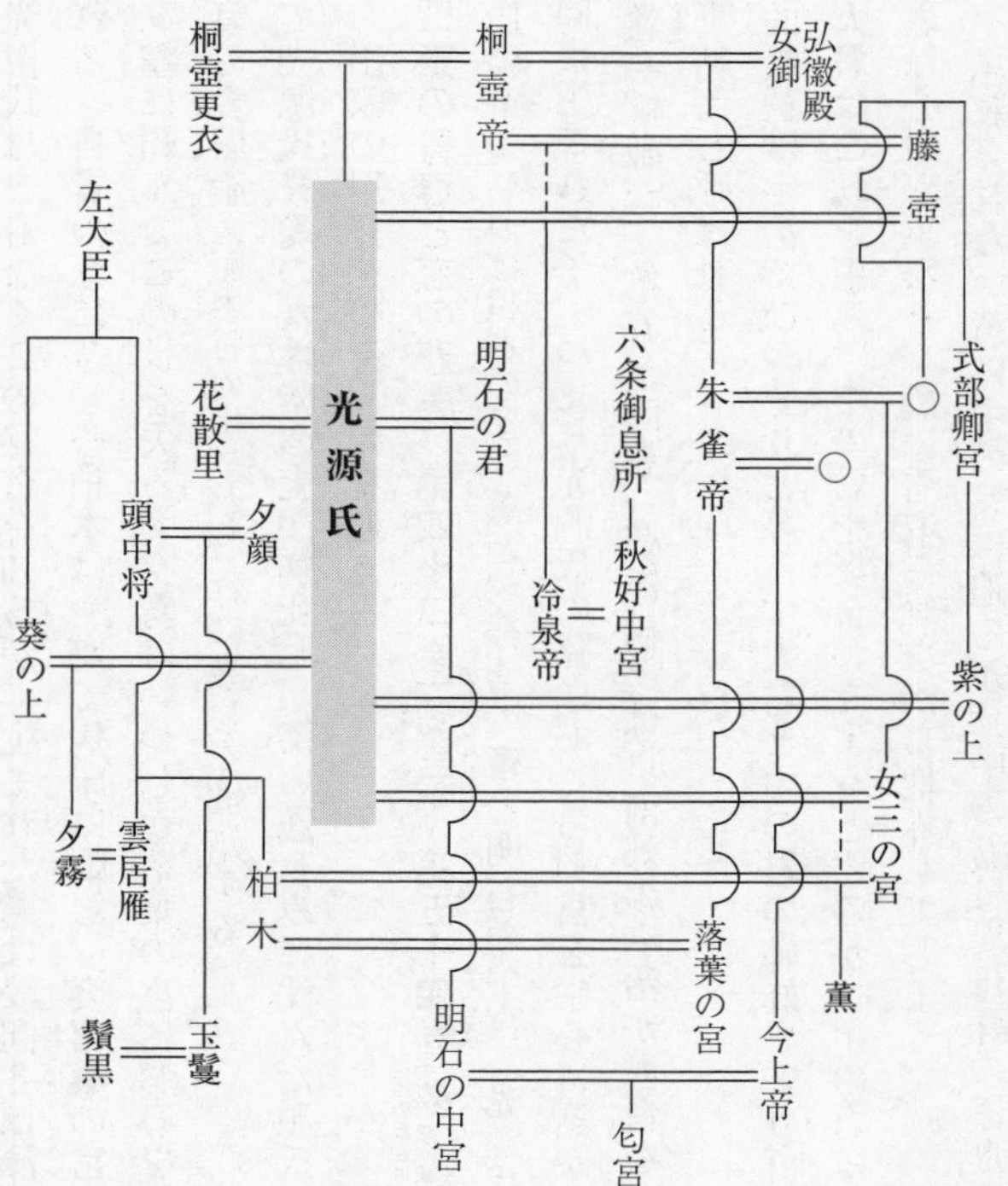

まう。光源氏はまもなくこの秘密を知るが、生まれた薫は表向きは源氏の子として育てられる。自責の念に苦しむ柏木はやがて病床に臥し、妻落葉の宮の後見を源氏の長男夕霧に頼んでこの世を去る。夕霧はいつしか落葉の宮に恋心を抱くようになるが、妻の雲居雁（頭中将の娘）がこれに激しく嫉妬する。

やがて光源氏最愛の女性紫の上が病死し、深い悲しみに沈んだ源氏は故人を追憶しながら出家の用意を整え、死を迎える。

【第三部：薫の青春と恋の悲劇／第四十二巻「匂宮」～第五十四巻「夢浮橋」】

光源氏の子（じつは柏木の子）薫と、今上帝と明石の中宮（光源氏と明石の君の娘）の間に生まれた子、つまり光源氏の孫にあたる匂宮を中心に話が展開する。第四十五巻「橋姫」～第五十四巻「夢浮橋」は京南郊の宇治が舞台なので、とくに「宇治十帖」と呼ばれる。

厭世的な薫は宇治でひっそりと暮らす大君と中の君の姉妹を知り、大君に心を寄せる。大君はこれを拒み、中の君を妻合わせようとするが、中の君は匂宮と結ばれる。大君は心労が重なり、薫に看取られながら他界してしまう。

大君を忘れられない薫は中の君に迫るが、中の君は異母妹の浮舟を薫に紹介す

『源氏物語』第3部（第42巻「匂宮」〜第54巻「夢浮橋」）主要人物系図

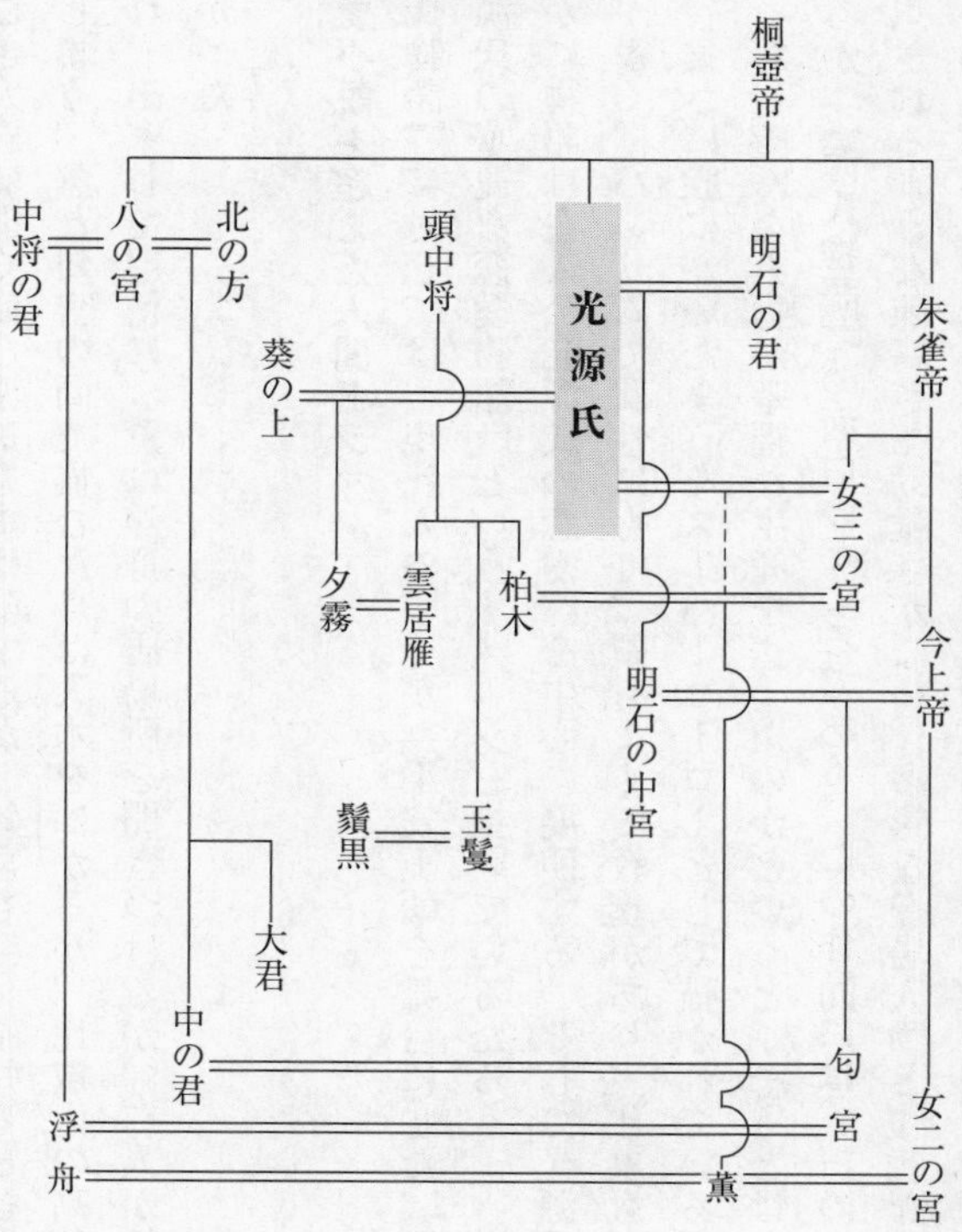

る。亡き大君によく似た浮舟を薫は愛するが、匂宮も浮舟を知ると強引に関係を結んでしまう。薫と匂宮の間で悩む浮舟は入水（じゅすい）をはかるが、比叡山（ひえいざん）の高徳の僧侶に助けられ、出家して尼僧に。薫は浮舟の居場所を聞きつけるが、二人が結ばれることはなかった。

恋愛小説を超えた人間ドラマ

『源氏物語』に対しては、現代人の多くが「平安王朝を舞台にした、理想的な貴公子光源氏の華麗な恋愛物語」というイメージを抱いているだろう。

確かに物語は主人公光源氏の恋愛譚を中心に展開する。そして光源氏は、生まれ育ちがよく、ハンサムで女性にもて、頭もよくて教養があり、仕事もできて……という、まさに絵にかいたようなスーパーヒーローとして描かれている。

じゃあ、そんな人物が幸福な生涯を送ったのかというと、そうとは言いきれないところが、『源氏物語』の面白いところである。この作品には、古めかしい物語から連想されるような陳腐さや幼稚さがない。多彩な登場人物と複雑なストーリー、巧みな心理描写・情景描写が陰影に富んだ人間ドラマを織りなし、物語に深い奥行きとリアリティを与えている。要するに、ごく単純な恋愛小説などではないのだ。そこが『源氏物語』の大きな魅力なのだが、このような奥深さは、はたして作品成立の当初から備わっていたのか――。そんな謎を探るのが本書の主たる目的の一つでもある。

2　紫式部はどんな人だったのか？

その生涯は断片的にしかわかっていない

日本が世界に誇る一大長編小説『源氏物語』。この偉大な文学作品の作者とされ、、、てきたのが紫式部で、彼女は平安時代を生きた天才的な女流作家として惜しみない賛辞を送られてきた。

今、〝作者とされてきた〟という持って回った表現をあえて使ったのは、「現代に伝わる『源氏物語』は紫式部がすべて書いたものなのか」という謎を追うのも、本書のテーマであるからだ。この問題については第三章や第五章で詳しく触れることになるが、とはいえ、紫式部が『源氏物語』の〝原作者〟であること、現行の『源氏物語』五十四巻の大方の部分が彼女の手になるものであることは、まず間違いない。そこで、『源氏物語』の基礎知識として、彼女の生涯について一通り見ておきたい。

紫式部の生涯に関して基礎的な資料となるのは『紫式部日記』と『紫式部集』の二書である。

『紫式部日記』は一条天皇の中宮彰子のもとに出仕していた時期の式部の日記で、記録の期間は寛弘五年（一〇〇八）秋からおよそ一年半。ただし日記とはいっても日々の出来事を欠かさず記録したといった体のものではなく、日付は飛び飛びで、回想録に近い。

『紫式部集』は式部の歌集で、彼女が晩年に自撰したものと考えられている。写本によって異なるが、およそ百二十～百三十首の歌が収められている。二人でやりとりする贈答歌が多いので、式部自身の歌はこれよりさらに少ない。歌集ではあるが、娘時代から晩年へと制作年順を軸に歌が配列され、交友関係や恋愛、結婚、別離などに関連して詠まれた歌も多い。適宜詞書も付されているので、式部の生涯を知るうえで非常に重要な資料となっている。

式部の伝記資料は、この二書以外には断片的なものしかない。また、『紫式部日記』も『紫式部集』も、式部の人生のごく一部もしくは大筋を伝えているにすぎない。そのため、式部の生涯については、細かなこと、正確なことはあまりわかっていないというのが実情だ。

そもそも生年が不明である。天禄元年（九七〇）、天延元年（九七三）、天元元年（九七八）などの説があるが、いずれも確実な根拠はない。

天禄元年説は国文学者の今井源衛が唱えたもので、『紫式部日記』の寛弘七年（一〇一〇）頃に書かれたとみられる文に「いたうこれより老いほれて、はた目暗うて経よまず」（今よりひどく耄碌して、目が悪くなって経典が読めなくなる）とあるのは、これを執筆した時点で筆者が老眼を意識する年齢であったことを示す、という見立てを主たる根拠としている。老眼を意識しているとすれば、おそらくこの時点（一〇一〇年）で少なくとも四十一歳（数え）にはなっていたはずで、そこから逆算すると、生まれは天禄元年頃だろう――というのである。

いささか心もとない推定だが、老眼は時代や風土、栄養状態にあまり関係なく満四十歳（数えで四十一～四十二歳）以後に現れるのが普通であるそうなので、それなりの説得力はある。そこで本書では、天禄元年＝九七〇年生誕説に依拠して式部の生涯を見てゆくことにしたい（以下、本書の年齢表記は、とくに但し書きがなければ、数えで統一してある）。

●中流貴族に生まれた式部

式部は藤原為時を父、藤原為信の娘を母として生まれた。
為時は藤原氏の主流である藤原北家（藤原不比等の次男房前を祖とする）の血筋だが、摂政・関白を輩出した本流（摂関家）ではなく、傍流の一つである良門流に属する。貴族としては中流どころで、あまり出世はできなかったが、漢詩人としては名声を得ている。為時の祖父兼輔は中納言にまで昇った人で、歌人としても知られ、三十六歌仙の一人に挙げられたほどだ。

式部の母については名前もわからず、自分が幼い頃に亡くなったせいか、式部は母親については何も書き残していない。母の父為信は藤原北家長良流の末裔で、右近衛少将、摂津守、常陸介などを歴任している。こちらも中流貴族といったところだろう。

ちなみに、「紫式部」は通称のようなもので、彼女の没後に広まったものらしく、本名は不明。「式部」は彼女の父為時の官名「式部丞（しきぶのじょう）」にもとづく。「紫」は『源氏物語』のヒロイン、紫の上に由来するとする説が有力だ。

式部が育ったのは、もちろん平安京、京都である（生誕地もおそらく京都だろうが、確証はない）。歴史学者の角田文衞（つのだぶんえい）は、彼女の居宅を父方の曽祖父兼輔が鴨川（かもがわ）の堤に接した地に建てた邸宅と考証し、少女時代はもとより結婚後もそこに住んでいただろうとしている。その場所は現在では廬山寺（ろざんじ）という天台宗系寺院が建っているところで、京都御苑の東側である。

少女・青春時代の詳細は不明だが、『紫式部日記』には、父為時が幼い息子（式

紫式部系図

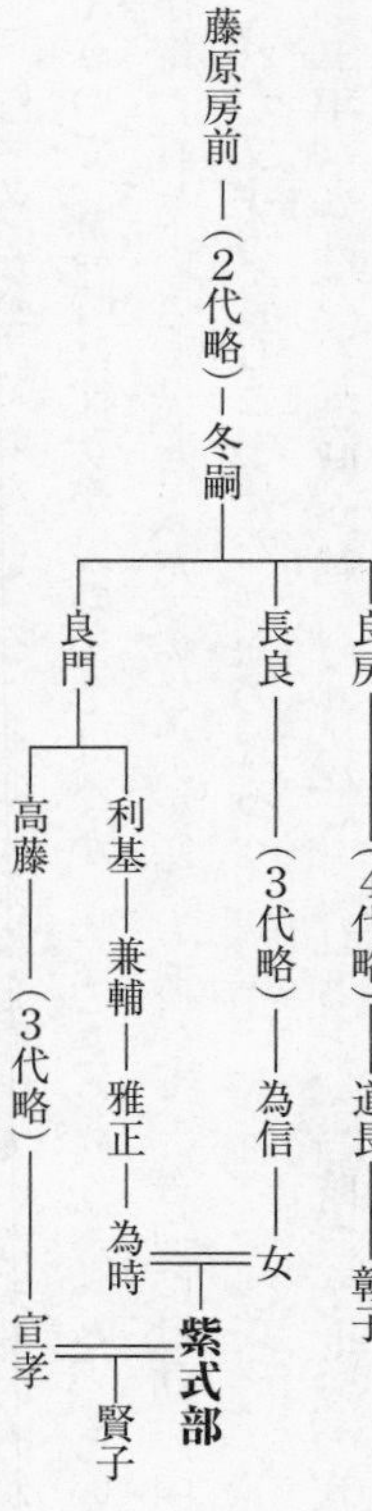

部の弟）に漢文を教えていたところ、そばでそれを聞いていた式部の方が早く覚えてしまうので、為時は彼女が男の子ではなかったことを残念がった、というエピソードが綴られている。漢詩人だった父の影響もあって、書物には幼い頃から親しみ、それが文才を育むことになったのだろう。

長徳二年（九九六）、為時が越前守に任じられると、当時二十七歳の式部も父とともに京を離れ、越前国（福井県）に下向した。

式部は、下向前から、中流貴族の藤原宣孝から求婚を受けていたらしい。宣孝は藤原北家高藤流で、式部とはまたいとこの関係にあったが、式部とは二十近く歳が離れていたらしい。おまけにすでに複数の妻がいた。だが最終的に式部は求婚を受け入れ、長徳三年（九九七）の秋冬に、もしくは四年（九九八）の春に越前から帰京し、やがて宣孝と結婚した。それは長徳四年冬頃のこととみられるが、二十九歳での結婚はこの時代では晩婚である。ただし、この頃の貴族は夫が妻のもとを訪ねる通い婚が一般的だったので、夫婦がいつも一緒に暮らしたわけではなかった。

二人の間には娘の賢子が生まれるが、長保三年（一〇〇一）に宣孝は突然世を去る。流行していた疫病に罹患したのでは、と言われている。わずか三年ほどの結婚生活だった。

中宮彰子に女房として仕える

寡婦となった式部は、寛弘二年（一〇〇五）頃から一条天皇の中宮彰子（九八八〜一〇七四年）のもとに女房として仕えるようになったらしい。彰子は、摂関家の長で時の大権力者であった藤原道長の長女である。式部は道長の妻源倫子とはまたいとこの間柄だったので、その縁で宮仕えするようになったという説もあるが、真相はよくわからない。女房は天皇や貴族に近侍する女性をさす、意味の広い言葉だが、式部は中宮付きの女房で、おもに彰子の教育を担当したらしい。和歌の指導や書物の講読などをしたのだろう。

この宮仕え時代の記録が『紫式部日記』で、そこには彰子の出産、道長との交流、宮廷生活の内実などが活写されている。だがその記録も寛弘七年（一〇一〇）正月十五日の記事が最後で、その後の式部の足取りは断片的な資料から推測するしかない。

寛弘八年（一〇一一）六月、一条天皇は病のため三条天皇に譲位し、まもなく崩御した。彰子は皇太后となるが、一条天皇死後も式部は引き続き彰子に仕えたとするのが定説である。彰子邸を訪ねた公卿藤原実資の日記『小右記』に、式部とおぼしき女房が出てきて応対したことが何回も記録されているからだ（そのうち、紫式部と断定できるのは、その女房のことを「〈藤原〉為時の女」と記す長和二年〈一〇一三〉五月二十五日条のみ）。しかしそれも長和二年八月を最後に途絶える。おそらく式部はこの頃に彰子のもとを退いたのだろう。四十四歳だった。

その後の消息はほぼ不明である。『小右記』中の、寛仁三年（一〇一九）の正月に実資が彰子のもとを訪ねた記事に、式部らしき取り次ぎの女房が登場していることが知られているが、式部と確定されているわけではない。式部はどんな余生を過ごし、いつどこで亡くなったのか――。このことは、すっかり闇に覆われているのだ。

さらに気にかかるのは、「いつ式部は『源氏物語』を執筆したのか」という点だが、実はこれがよくわかっていない。「宮仕えをはじめていた頃にはすでにある程度書かれていて、宮仕え以後も執筆が続けられた」というのが定説のようになっている。十一世紀はじめ頃には『源氏物語』はあらかた書かれていただろうということだ。確かに『紫式部日記』にはこれをにおわせる記述があるが、しかしはっきり書かれているわけでもない。完成時期も不明だ。また奇妙なことに、当時の貴族の日記に彼女を『源氏物語』の作者として明記するものはない。『源氏物語』に式部による「まえがき」や「あとがき」が付されているわけでもない。

このように見てゆくと、『源氏物語』と紫式部の関係が、意外にも曖昧模糊(あいまいもこ)としていることがわかるだろう。

3 紫式部直筆の『源氏物語』は存在するのか？

式部直筆の原本は存在しない

現代の日本人の多くは、『源氏物語』は紫式部が書いた大河小説だと、何の疑いもなく思っているだろう。そして、巻頭に「源氏物語　紫式部著」とでも筆書きされた、作者直筆の原本がどこかに大切に保管されているのだろう、などと想像しているかもしれない。

しかし残念ながら、そのような〝原本〟なるものは存在しない。全部で五十四巻もあるのだから、そのうちのせめて一巻ぐらいは、いや、ほんの断簡程度でも、作者直筆の『源氏物語』が残されていてもいいのでは——と思うところだが、残念なことに、式部直筆の『源氏物語』は、この世に一文字も存在しないのだ。

平安時代に成立した『源氏物語』は、他の古典と同じように書き写されることによって伝世されていったが、『源氏物語』の現存最古の写本は、鎌倉時代初期（十三世紀前半）に歌人として知られる藤原定家が書写したもの（もしくは書写を監督したもの）だ。『源氏物語』が成立したとされる十一世紀はじめから二百年は経過している。

しかしその定家本も原本として現存するのは、全五十四巻のうち「若紫」「花散里」「行幸」「柏木」「早蕨」のわずか五巻にすぎない。このうちの「若紫」は平成三十一年（二〇一九）に見つかったもので、『源氏物語』研究の第一級史料の新発見として話題となった。旧三河吉田藩主家の大河内家に伝来していたもので、江戸時代中期には徳川将軍家のもとにあったらしい。

このように定家本の原本すら心もとない状況なのだが、かつては全巻揃っていた定家本を書写したとされる転写本や、定家本とは異なる系統の写本も今に伝わっているため、それらと合わせて校訂したうえで全五十四巻のテキストが復元され、それが〝紫式部の『源氏物語』〟として読み継がれているのだ。

三つの系統に分かれる『源氏物語』の写本

『源氏物語』の写本は揃い本でないものも含めれば数千点は現存すると言われ、写本ごとにテキストに大小の違いもみられるのだが、現在では、三つの系統に分類されている。

①青表紙本系(あおびょうしぼんけい)：藤原定家が校訂して元仁二年（一二二五）頃に完成した、「青表紙本」と呼ばれる写本を祖本とする。名称は青い表紙をもっていたことに由来する。現代に出版されている『源氏物語』のテキストはほとんどが青表紙本系を底本としている。

②河内本系(かわちぼんけい)：清和源氏(せいわげんじ)の末流で、学者だった源光行(みなもとのみつゆき)・親行(ちかゆき)の父子が二十一部の写本を参照して校訂し、建長(けんちょう)七年（一二五五）に完成した写本「河内本」を祖本とする。名称は父子がともに河内守だったことによる。河内本原本は現存しないが、河内本系の善本としては尾州家本(びしゅうけぼん)（名古屋市蓬左(ほうさ)文庫蔵）などがある。

③別本(べっぽん)：青表紙本にも河内本にも属さない系統の写本はまとめて「別本」と総称さ

れる。

このうち、①の青表紙本について若干解説を加えておこう。

藤原定家は藤原道長の六男長家の玄孫にあたる。父俊成もまた歌人として知られた人で、この家系は御子左家と呼ばれ、歌道の宗家として仰がれた。

その定家の日記『明月記』の元仁二年二月十六日条に「去年の十一月から家中の小女らを使って『源氏物語』五十四巻を書写させ、昨日表紙を付け終え、今日外題を付した」とあり、これが青表紙本（青表紙原本）の成立を示しているとされている。

　定家は歌人であるだけでなく、さまざまな古典を書写・校訂して善本を作るという仕事もしていた。定家の時代にはすでに紫式部直筆の『源氏物語』はなく、代わりに数多くの写本が出回っていたようだが、それらのテキストには異同が多かった。そこで定家はそれらを集めて勘校し、信頼できるテキスト、つまり、なるべく紫式部が書いたものに近い『源氏物語』のテキストを世に残そうとしたのである。

　このような、基準となる本文をそなえた書物のことを「証本」という。

定家が書写した（または、人に書写させて監督した）、オリジナルの青表紙本（青表紙原本）は十五世紀頃まではその存在が確認できるが、その後の消息は不明で、散逸してしまったらしい。

しかし、散逸以前に転写がなされていて、その善本としては、三条西家本と大島本が知られている。前者は室町時代の公卿・歌人の三条西実隆（一四五五〜一五三七年）が中心となって書写したもので、宮内庁書陵部所蔵本（全五十四巻揃い）と日本大学所蔵本（「夕霧」を欠く五十三巻）がある。

後者の大島本は、文明十三年（一四八一）に公卿・歌人の飛鳥井雅康（一四三六〜一五〇九年）が青表紙本から転写したものとされている。はじめは戦国大名大内家の所蔵となり、大内家滅亡後は最終的には石見（島根県西部）の吉見家の所蔵となった。その後の伝来経緯は不詳だが、昭和戦前に佐渡の某家で見つかり、それを実業家の大島雅太郎が購入した。大島本という呼称はこれに由来する。現在は京都の古代学協会が所有。全五十四巻のうち「浮舟」を欠く。

写本をめぐる厄介な事情

ややこしいことだが、前述した現存する定家本原本の五巻が、散逸した青表紙本

（青表紙原本）にあたるかどうかについては難しい議論がある。五巻のテキストが、青表紙本系の善本とされる三条西家本や大島本のそれと全く同じではないからだ。定家は書写を複数回手掛け、一旦完成したあとも校訂を継続していたとも考えられている。つまり定家による写本は、青表紙本以外にも存在した可能性がある。すると、現存の定家本原本五巻が青表紙本と直結しない可能性も当然あるわけである（定家が手掛けた写本を一律に青表紙本と定義するなら、また話が変わってくるが）。

最終的に問題とすべきは、河内本・別本を含め、どの写本が原作者の『源氏物語』テキストに近いのかということだろう。しかしオリジナルが行方不明で、それでいて数多（あまた）の写本が入り乱れている現状からすれば、この難題に明快な解答を出すことはほぼ不可能である。

そもそも、『紫式部日記』などの記述をもとに、式部直筆の『源氏物語』には草稿本・中書本（なかがき）・清書本の三種があったとする説もある。仮にその通りで、三点がそれぞれに書写されて流布していたとしたら、何をもって〝オリジナル〟とすればよいのか、という根本的な問題も生じてしまう。

このような原本と写本の差違をめぐる問題は古典籍に普遍的なものではあるのだ

が、『源氏物語』は、長く広く読み継がれてきたがためにとくに写本が多く、またテキストの分量も多いため、複雑で厄介なことになっているのである。

4 どの写本がオリジナルに近いのか？

写本間にみられる無視できない違い

書物を書き写すという作業には、どんなに気をつけていても、人間がやることだから、どうしても誤記や脱字が生じてしまうものだ。その書写されたものをまた別の人間が書写することで、さらなる誤記や脱字が生じる。こうして転写が繰り返される度に、テキストはオリジナルから乖離（かいり）していってしまう。これは、ある意味では致し方のないことだ。

しかし、『源氏物語』の諸写本を比較してみると、そこに、単なる誤記・脱字では片づけられないレベルの異同が見出されることがある。書写者が意図的に加筆したと思わせるような箇所、あるいは意図的に省略したと思われるような箇所すらあるのだ。

具体的な例を挙げてみよう。「桐壺」巻の、桐壺帝が亡くなった桐壺更衣を絵に描かれた楊貴妃の姿と比べて追憶する場面に、青表紙本系では次のように記される箇所がある。

「太液芙蓉、未央柳も、げにかよひたりし容貌を、唐めいたるよそひはうるはしうこそありけめ、なつかしうらうたげなりしを思し出づるに、花鳥の色にも音にもよそふべき方ぞなき」

意訳すると、「漢の武帝が造った美しい池に咲く蓮の花や高祖の宮殿の前に立つ柳のような楊貴妃の容貌は唐風で端麗ではあっただろうけど、それに比べると桐壺更衣は可憐であったと思い出され、花の色や鳥の声にもたとえようがない」という感じだろうか。

ところが河内本（尾州家本）をみると、「なつかしうらうたげなりし」のあとに「ありさまは女郎花の風になびきたるよりもなよび、撫子の露に濡れたるよりも、らうたくなつかしかりし容貌けはひ」という長い文が挿入されている。桐壺更衣の美しさの形容に、女郎花や撫子といった大和風の草花も用いられているのだ。

河内本と比較すると、青表紙本には一文が脱落していることになる。これは単なる写し間違いのレベルではない。青表紙本を作った藤原定家が参照した諸写本の中にこの文がないものがあり、それを定家が採用したのだろうか。それとも参照した写本にはこの文があったのだが、定家の見解でこれを削除したのだろうか。それとも河内本の方に諸写本にはない文章が加えられたのか。

ここは議論のあるところだが、昭和戦後に『源氏物語』研究に画期をもたらした武田宗俊（むねとし）は「（定家は）自己の恣意によって省いたものではなかろう」「文学的見地で自己のよしとしたものをとったものであろう」と解している（『源氏物語の研究』）。

河内本の方が原文に近い可能性も

今挙げたのは違いが顕著な例だが、わずか一字の違いでも、読者に大きく異なる印象を与えるケースもある。第五巻「若紫」を見ると、亡くなった祖母の喪に服す幼い紫の上の喪服の色を、青表紙本では「にひいろ（＝鈍（にび）色）」とするが、河内本では「ひいろ（＝緋色）」とする。ちなみに、古写本には濁点がなく、句読点もない。

喪服なのだから鈍色（ねずみ色）が正しいのではと思うところだが、河内本校訂者源光行の子かと伝えられる素寂が著した『源氏物語』の注釈書『紫明抄』（十三世紀末頃成立）は、「紫の上は確かに喪中だったが、この日は光源氏の二条院に迎えられためでたい初日だったので、一日だけ晴れの紅衣を着たのだ」と説明して、「ひいろ＝緋色」を肯定する。

このような違いを挙げてゆくときりがないのだが、前出の武田によると、全般的に青表紙本よりも河内本に語句が増えている場合が多く、修飾語の位置は河内本の方が自然に感じられるものが多いという。総じて、青表紙本は簡潔で声調にゆるみがないが、河内本は幾分冗漫で、くどい感じがし、声調もゆるんでいるものの、論理的で意味はわかりやすい。そして、定家の校訂態度は、原文に近づくことよりも、多くの伝本の中で文学的に優れたものを選ぼうとするもので、河内本の校訂態度はこれとは逆だと結論づけている。

つまり、青表紙本よりも河内本の方が原文に近いということだろう。これは一つの推論ではあるが、興味深い見解だ。

『源氏物語』テキストの受容史をみると、鎌倉時代から南北朝時代にかけては河内本が主流だったが、室町時代に入ると次第に青表紙本が重んじられるようになり、やがてこちらが正統的な伝本とみられるようになった。その流れは現代にまで及んでいて、現在出版されている『源氏物語』のテキストはほぼ青表紙本系である。

しかし、青表紙本が正統視されるようになったのは、定家の歌人としての名声に帰するところが大きいと言われている。俗っぽく言えば、「あの有名な定家が校訂したんだから、こっちの方が正しいんだろう」ということだ。

もっとも『源氏物語』の場合、写本によってテキストの異同があるとはいえ、話の筋が大きく変わってしまうというレベルの違いはない。その意味では、写本ごとの差違はごく些細なものと言える（例外は別本に分類される大沢本で、第五十二巻「蜻蛉（かげろう）」の浮舟入水事件の箇所には他の写本とは相違する展開がみられる。今後の調査・研究が俟（ま）たれる）。そもそも、現代と違って、平安時代や中世には原文を厳密に忠実に伝えなければならないという意識は薄く、原文に手を加えることが必ずしもタブーとされていたわけではなかった。

とはいえ、このような写本の問題からみても、現代の人間が『源氏物語』のオリジナルの姿に近づくことがいかに難しいかがわかるだろう。

5 原文の本当の姿とは?

原文と校訂文は全然違う

「瘧病にわづらひたまひて、よろづにまじなひ、加持などまゐらせたまへどしるしなくて、あまたたびおこりたまひければ」

これは第五巻「若紫」の冒頭で、青表紙本系の大島本を主たる底本とする『完訳日本の古典　源氏物語』(小学館)所収の校訂文をそのまま引用した。

「瘧病(マラリア風の病気)を患った光源氏は、呪いや加持などを受けて治そうとしたが、効験がなく、発作が頻発するようになったので」という意味で、この先は、源氏が験力で評判の聖がいる北山の某寺を訪ね、そこで紫の上と出会う……と話が展開してゆく。

現在出版されている青表紙本系を底本とする『源氏物語』であれば、この部分のテキストは、今引用したものとだいたい同じような表記になっているはずだ。そして、あまり古典の知識がない読者であれば、このテキストを「『源氏物語』の原

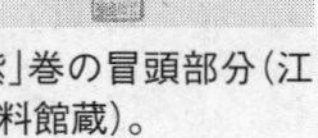

青表紙本系とみられる『源氏物語』の写本より、「若紫」巻の冒頭部分（江戸時代中期、日本古典籍データセット・国文学研究資料館蔵）。

文」ととらえるかもしれない。

しかし、これはあくまで底本のテキストを、現代の校訂者が現代人向けに整えたものであって、原文そのもの、底本のテキストそのものではない。

では、底本となった大島本では、この箇所はどのように書かれているのか。

「わらハやミ尓王徒らひ給てよろ徒尓ましなひ可ちなと万いらせ給へと志るしなくてあ万多ゝひおこ里給介れ盤」

ご覧のように、文意は同じだが、表記は現代に流布している校訂文とはかなり異なる。変体仮名が多用され、句読点がなく、濁点もない。これが純正の仮名文なのである。

しかもこれは手書きの文字を翻刻したものであり、手書きのオリジナルは崩し字で書かれている。ちなみに巻名は「わ可むらさ起」と表記されている。

◎非常に困難な『源氏物語』原文の再現

「若紫」に関しては、近年、定家本原本が発見されているので（34ページ参照）、参考までにその該当箇所の翻刻も記しておこう。

「わらハやミにわ徒らひ堂まひてよろつ尓ましなひ可ちなと万いらせ多まへと志るしなくてあま多ゝひおこり堂まひ介れ盤」

これを大島本と比べると、おおむね同じとはいえ、全く異同がないわけではないことがわかる。

では、大島本、定家本原本のどちらが、『源氏物語』の真のオリジナルテキストに近いのか。定家本原本の方が近いのだろうと思いたいところだが、そのオリジナルテキストが不明である以上、断言はできない。

こうしたことからも明らかなように、多くの人びとが「『源氏物語』の原文」として認識しているテキストは、じつは現代の校訂者が、現代の読者が読みやすいようにと、底本のテキストに対して、一般的な漢字・仮名交じり文に改める、句読点を付す、改行するなどの調整を施すことで作られたものなのである。もちろん、それも広義では「原文」なのだが、しかし言うなれば、現代バージョンの『源氏物語』原文であるにすぎない。そしてそれをもとに解釈や現代語訳がなされている。大島本や定家本原本などの写本においても、おそらくそれが制作される過程で、その時代に合わせた調整が大なり小なり行われたはずである。このようなことからも、『源氏物語』のオリジナルの姿に近づくことが至難の業であることが理解できよう。

6　最初から五十四巻だったのか？

平安時代末期には全五十六巻だった

『更級日記』は、紫式部より一世代ほどあとの女性である菅原孝標女が半生を回想したもので、康平三年（一〇六〇）頃の成立とみられている。この日記は、まだ式部が存命中だった可能性もある時期に『源氏物語』の写本がすでに流布し、中流貴族の子女に好んで読まれていたことを示す例として、よく取り上げられる。

上総介（かずさのすけ）だった父親に従って少女時代の一時期を東国で過ごした孝標女は、継母や姉などから『源氏物語』の話を耳にして光源氏に憧れる文学少女だった。十三歳の時に京に戻るのだが、翌年、夢にまで見た『源氏物語』全巻をおばからプレゼントされて驚喜する。

興味深いことに、この箇所で孝標女は、おばから櫃（ひつ）に入った「源氏の五十余巻」をもらったと書いている。この記述は、寛弘五年（一〇〇八）生まれの彼女が十四歳の時点で、つまり治安（じあん）元年（一〇二一）の時点で、『源氏物語』が五十余りの巻によって構成されていた、という重要な事実も伝えてくれる（本人が五十歳を過ぎてからの回想なので、記述の正確性にはいささか疑問符がつくが）。

その正確な巻数は、現行本と同じようにおそらく五十四であり、『源氏物語』は当初から全五十四巻だったのだろうと思いたいところだが、ここにもまた厄介な問題がある。

『源氏釈（げんじしゃく）』という『源氏物語』の注釈書がある。平安時代末期に歌人の藤原（世尊（せそん）寺（じ））伊行（これゆき）が著したもので、『源氏物語』注釈書の嚆矢（こうし）とされ、藤原定家もこれを大いに参照している。内容は注釈を各巻ごとにまとめたものなのだが、ここでは『源氏物語』はなんと全三十七巻となっている。ただし、これらの巻のあいだに「並び」と呼ばれる巻が適宜はさまれ、これが全部で十九ある。「並び」については第三章で詳述するが、本編からは独立したスピンオフ的な物語のこと、ととりあえず説明しておきたい。したがって、本編三十七巻に並びの十九巻を加えると全五十六巻となる。

これはいったいどういうことなのか。この五十六巻の各巻名を見ると、現在流布している五十四巻と順番も含めておおむね同じなのだが、以下のような違いがある。

①現在では巻数に含められていない「雲隠」が一巻としてカウントされている。
②現在では上下二巻にカウントされている「若菜」がまとめて一巻としてカウントされている。
③現行の五十四巻本には存在しない「桜人（さくらびと）」と「法の師（のりのし）」という巻がある。

注目は③だろう。この問題をめぐってはさまざまな議論があるが、『源氏物語』には、当初は存在したが後年に失われてしまった幻の巻がある、ということなのか。

このようなことからすれば、はじめから全五十四巻という構成だったかどうか、疑わしいということになろう。

成立当初の『源氏物語』に巻名はなかったのか

「桐壺」「帚木」といった各巻に付されている一～三文字のセンスのあるタイトルは、その巻中に記される重要な和歌や事件、語句などに由来していて、これがまた物語により一層の興趣を加えている。ところが『源氏釈』は、現行の巻名表記は成立当初からのものだったのだろうか、原作者オリジナルのものだったのだろうか、という疑念をも生じさせている。というのも、現行では「野分(のわき)」と表記される巻が「野秋」と書かれているからだ。また、普通は「匂宮」と表記される巻が「匂兵部卿(におうひょうぶきょう)」となっている。

さらに、定家による『源氏物語』注釈書である『奥入(おくいり)』(書写された『源氏物語』の各巻末に定家が書き入れた注記をまとめたもの。十三世紀前半成立)をみると、冒頭巻の「桐壺」には「壺前栽(つぼせんざい)」という異名があったと記されている。同巻の本文には桐壺更衣を失った桐壺帝が内裏(だいり)の壺前栽(中庭の植え込み)を見て哀愁を深める場面があるので、これに由来したものだろう。『紫明抄』（十三世紀末頃成立）によれば、第四十五巻「橋姫」には「優婆塞」という異名があったという。この巻の主たる登場人物である八の宮（光源氏の弟）が優婆塞（在俗の仏教修行者）であることにちなむ巻名だろう。

　そもそも、成立当初の『源氏物語』には巻名はなかったのではないか、という見方もある。

　前出の『更級日記』には、少女時代の孝標女が『源氏物語』五十余巻を「一の巻より」読みはじめて耽読する、という場面がある。いささか穿ちすぎかもしれないが、もし『源氏物語』が最初期から巻名を有していたのなら、「桐壺の巻より」とか「壺前栽の巻より」などと書かれてあるべきではないだろうか。

　全五十四巻ははじめから現行の順番で読まれていたのか、という問題もある。現在の読者は五～十冊ほどに分冊されたものを分冊の番号順・ページ順に読み進めてゆくから、この順番を間違えようがない。ところが、古写本を見ると、たいてい各巻はそれぞれ独立した冊子になっていて、しかも各冊子には巻名は記されてあっても、通し番号などは付されていない。おおむね光源氏や薫の年齢を追ってストーリーが進行してゆくので、気を付けて読んでいけば現行の通りに読むことになるのかもしれないが、「花散里」のように短くて独立性の濃い巻は、巻順を記す目録のようなものでもなければ、どの巻の次に読めばいいのか迷うところだろう。

ただし、先にも記したように、平安時代末期の『源氏釈』に依拠するならば、それが書かれた頃（十二世紀後半）にはすでに各巻は現行本の順番で読まれていたようだ。

また、『源氏物語』というタイトルだが、紫式部自身はこれを「源氏の物語」と呼んでいたらしい。『紫式部日記』の寛弘五年（一〇〇八）夏頃の記事（寛弘六年〈一〇〇九〉夏の記事とする説もある）に「源氏の物語、御前にあるを、殿の御覧じて」という記述があるからだ。これは「源氏の物語が彰子中宮様の御前にあるのを、藤原道長（彰子父）様がご覧になって」という意味だが、「源氏の物語」は、その時点で完成していたかどうかは不明ながら、『源氏物語』のことをさしているのだろうとされている。『更級日記』にも、この物語のことを「源氏の物語」と記す箇所がある。

7 文体の特色とは？

「悪文」とも評された『源氏物語』

『源氏物語』の文章については、「読みにくく、難解だ」とよく言われてきた。「悪文だ」という評すらある。有名なのは、明治から昭和にかけて活躍した自然主義作家、正宗白鳥（まさむねはくちょう）の評で、「（『源氏物語』の原文は）頭をチヨン斬つて、胴体ばかりがふら〳〵としてゐるやうな文章で、読むに歯痒（はがゆ）い」が、イギリスの東洋学者アーサー・ウェイリーによる英訳を読んではじめてストーリーがよくわかってこの物語の面白さに気づいた、と吐露（とろ）している（『改造』一九三三年九月号「文芸時評　英訳『源氏物語』」）。英訳で読んだ方がはるかにわかりやすい、というのである。

そんな難解さの一番の原因は、文がいくつも挿入されていて一文章全体が長々しく、くねるような構造になっていることだろう。試みに、第二巻「帚木」の冒頭を引いてみよう。

「光る源氏、名のみことごとしう、言ひ消（いけ）たれたまふ咎（とが）多かなるに、いとど、かかるすき事どもを末の世にも聞きつたへて、軽びたる名をや流さむと、忍びたまひける隠ろへごとをさへ語りつたへけん人のもの言ひさがなさよ。さるは、いといたく世を憚りまめだちたまひけるほど、なよびかにをかしきことはなくて、交野の少将には、笑はれたまひけむかし」（光源氏は、評判はよくてもスキャンダルが多いそうですが、そのうえこんな色恋沙汰まで聞き伝え、本人が秘密にしていた隠しごとさえ語り伝えた人の、何と意地の悪いことでしょう。とはいえ、光源氏はとても世間体を気にかけて、まじめそうにしていたので、色めいた話はなく、交野の少将のような好色な人からは笑われてしまったことでしょうが）

いきなりわかりにくい文章だが、ポイントは、まず前段では、色好みの光源氏の秘められた恋愛譚がこれから明かされることがほのめかされながら、後段では、「でも、その隠しごとは大したものではないかもしれませんね」と逆接的な内容が展開されているところだ。

つまり、「Aである。しかし、-Aでもある」という表現になっているわけだが、国語学者の大野晋は、『源氏物語』にはこうした表現が頻出していて、『源氏物語』の文体の特色になっていると指摘している。しかも、文章だけでなく、人物や事象の描写、さらには筋立て自体も「Aである。しかし、Aでもある」という単純に割り切らない構造になっているとし、この見方を応用して作品全体を鋭く分析している（『源氏物語』）。

『源氏物語』に比べると、紫式部と同時代の清少納言（せいしょうなごん）の『枕草子』（まくらのそうし）の文章ははるかに読みやすいが、それは『枕草子』の場合は「Aである。Bである……」という感じでテンポよく文章が続いてゆくからだ。

◎「古女房の問わず語り」という設定になっている

『源氏物語』の文体は、「帚木」の巻頭に示唆されているように、全体としては「ある人が物語ることを筆記したもの」という形式をとっていて、これも一つの特色となっている。近代小説のような、作者が一貫して第三者的な視点でストーリーを叙述するスタイルにはなっていないのだ。言い換えれば、物語が入れ子状になっている。

国文学者の玉上琢彌（たまがみたくや）はこのことに注目し、『源氏物語』は、「かつて実在した光源氏と紫の上のそば近くに仕えた女房が生き残って問わず語りするのを、若い女房が筆記して編集した」という体裁をとっているのだ、と説いている（角川ソフィア文庫版『源氏物語』第一巻解説）。つまり、「この物語はフィクションではなく、ノンフィクションだ」という建前になっているというのだ。

第十五巻「蓬生（よもぎう）」の巻末は、「いますこし問はず語りもせまほしけれど、いと頭（かしら）いたううるさくものうければなむ、いままたもついであらむをりに、思ひ出でてなむ聞こゆべきとぞ」（もう少し問わず語りもしたいところですが、面倒で気も進まないので、そのうち何かの折に思い出して申し上げるつもりです」とのことです）という文でしめくくられているが、これなどは、「古女房の語り口を若い女房が筆記した」という設定のわかりやすい例になっている。

このように物語の中で作者や語り手の言葉がダイレクトに現れた部分を、中世の『源氏物語』研究者は「草子地（そうしじ）」と名づけ、『源氏物語』の特色としてきた。「帚木」の冒頭も一種の草子地である。巻頭や巻末だけではなく、文中にも突然「このあたりは書くと長くなるので、省略しますね」というような妙な言葉が出てきて、次のシーンに進んでしまうことがある。この場合は、「書き手の若い女房の声」が紛れ込んでいる、という設定なのだろう。

敬語表現が多用されているというのも『源氏物語』の文体の特色であり、文章の難解さの要因ともなっているが、このこともまた、「語り手・書き手は、高貴な人びとに仕える女房である」という設定に大きく起因していると言える。女房視点では、主人たちの言動はおのずと敬語で表現されることになるからだ。

このようにしてみると、長くてわかりにくいという『源氏物語』の文体を、作者による計算ずくのレトリックとみることもできよう。そして、こういうところが『源氏物語』の面白いところであり、心憎い演出ぶりであるとも言えるのだ。

8 なぜ詩歌がたくさん挿入されているのか？

寝ても覚めても歌を詠んでいた平安貴族たち

『源氏物語』は散文作品だが、文中には、和歌・漢詩などの韻文がさまざまな形をとってふんだんに盛り込まれている。

まず目立つのは作中で登場人物が詠む和歌で、第一巻「桐壺」で病床に臥す桐壺更衣が帝に贈った「かぎりとて別るる道の悲しきに　いかまほしきは命なりけり」

にはじまって、第五十四巻「夢浮橋」で薫が小野の里に隠れた浮舟に贈った「法の師とたづぬる道をしるべにて　思はぬ山にふみまどふかな」に至るまで、全部で七百九十五首があり、独詠歌、贈答歌（二人で詠み交わす）、唱和歌（三人以上で詠みあう）の三タイプに分けられる。

作中で登場人物が語りや思いを和歌によって表現するという演出は、現代のミュージカルのような趣きを作品に与えているが、これは決して『源氏物語』独自のものではない。『源氏物語』の第十七巻「絵合」で「物語の出で来はじめの親」と形容されている『竹取物語』をはじめ、『源氏物語』に先行して成立した物語文学にすでにみられるものだ。和歌を五七五七七の短歌に限定しないのであれば、このスタイルは『古事記』や『日本書紀』にも見出せる。

そもそも平安時代では、恋愛や社交、儀式などの場で和歌を詠むのはごく当たり前のことで、この時代の貴族たちは寝ても覚めても歌を詠んでいた。強い感情や感動を人に伝えたいときには、三十一文字の形で表現することが、平安貴族たちのマナーとなっていたのだ。上手に和歌でやりとりできるかどうかが、人物評価の指標となっていた。話の途中に和歌が挟み込まれているのは、現代の感覚ではまどろっこしく感じる読者もいるかもしれないが、平安時代の読者は違和感なく読み進めていたことだろう。

『源氏物語』のテキストは詩歌のパッチワーク

『源氏物語』の膨大な作中歌は、もちろんすべて物語作者によって詠まれたものであるわけだが、一方で、『源氏物語』には、人口に膾炙(かいしゃ)していた古歌が文章の一部に組み込まれる形で引用されている箇所が随所にある。このような古歌を引用する技法、または引用された歌自体を「引き歌」と呼ぶ。

文章に奥行きを与える引き歌も、『源氏物語』に先行する物語にすでにみられるが、この技法を深化させたのが『源氏物語』だと言われている。一例を挙げてみよう。

先にも引用したが、第一巻「桐壺」で桐壺帝が亡き桐壺更衣の可憐さを回想するくだりに、「花鳥の色にも音にもよそふべき方ぞなき」という箇所がある。「更衣の美しさは花の色や鳥の声にもたとえようがない」というような意味だが、このフレーズは同時に、天暦(てんりゃく)七年（九五三）頃に完成した勅撰和歌集『後撰(ごせん)和歌集』に収録されている藤原雅正の歌「花鳥の色をも音をもいたづらに　もの憂かる身はすぐすのみなり」を引き歌としていると言われている。

この引き歌自体は人生の物憂さを詠んだものだが、『源氏物語』が書かれていた時代には、「花鳥の色をも音をも」というフレーズが歌全体の意味から切り離されて、自然の美しさを表現する際の決まり文句のようなものになっていたらしく、それが物語の文章表現にさりげなく組み込まれたのだ。当時の貴族の女性たちには、『古今和歌集』などに収められた有名な和歌の暗誦は必須の教養になっていたので、引き歌のような技巧は、ごく自然に受け止められていたはずだ。たとえば、現代の小説の冒頭に「国境の長いトンネルを抜けると……」というフレーズが出てきたら、文学通なら「あっ、川端康成の『雪国』の書き出しをもじっているんだな」と思うだろうが、これと似た感覚ではないだろうか。登場人物が歌舞伎の名台詞を口にすることにたとえることもできよう。

ちなみに、この引き歌の作者藤原雅正は紫式部の父方の祖父で、この歌は他の巻でも引かれている。また、『源氏物語』中で最も多く引かれている引き歌は藤原兼輔の「人の親の心は闇にあらねども　子を思ふ道にまどひぬるかな」（『後撰和歌集』所収）なのだが（『完訳　日本の古典　源氏物語』所収の「源氏物語引歌索引」によれば二十五回）、兼輔は雅正の父、すなわち式部の曽祖父である。

ただし、例からも窺えるように、その文章表現が引き歌かどうかの判定は、物語作者が注記しているわけでもないので、難しい場合が多く、研究者によって判断に揺れがある。そのため、『源氏物語』全体における引き歌の総数については、およそ七百首とする論者もいれば、二千首以上とする者もいて、随分と幅がある。

『源氏物語』には漢詩の引用や漢詩の名句を踏まえた表現も多く、こちらは「引詩」という。「桐壺」巻に、唐の玄宗皇帝と楊貴妃の恋愛を描いた白居易（白楽天）の長詩「長恨歌」が多く引用されているのは、その好例だ。また、「長恨歌」とこれをもとにして作られた「長恨歌伝」が、この巻全体の構想にも影響を与えていると言われている。

引き歌や引詩の多さは、作者の和漢双方の文芸に対する造詣の深さ、和漢に通じた教養の高さを示している。やや大げさかもしれないが、『源氏物語』のテキストとは、歌ことばや詩のパッチワークなのだ。古今東西の詩歌を素材として書かれたのが『源氏物語』である、とも言えようか。

9『源氏物語』の時代の結婚制度は？

通い婚が原則だった

現代人が『源氏物語』を読もうとするとき、まず理解の障壁となるのが難解な文章・文体だが、これに加えて読者を戸惑わせるのは、作中では当たり前のこととして描かれている、その時代の社会制度や習俗だろう。言い換えれば、『源氏物語』の時代、平安時代の社会のしくみや慣習をある程度理解しておかないと、物語の面白さをよく味わえず、真意を誤解してしまうことにもなりかねない。

そこでここでは、『源氏物語』を読解するうえで鍵となる平安時代の社会制度・慣習のうち、最も根本的で重要な「結婚」について解説しておきたい。

まず、古代日本の貴族層の結婚制度を、昭和戦後にこの分野で先駆的な研究を行った高群逸枝（たかむれいつえ）の所説にしたがって概観してみよう。

奈良時代から平安時代前期にかけては、男（夫）は夜に女（妻）の家を訪ね、朝起きると自分の家に帰るという「妻問い婚（つまどいこん）」が主流であった。これを「前婿取婚（むことりこん）」

と言う。いわゆる通い婚で、この場合、生まれた子供は妻方の一族が養育することになる。

平安中期になると夫の通いがなくなってゆき、夫婦は結婚当初から妻方の家に同居する。その後、妻の親からその家を譲られて（妻の親は他に移る）、あるいは妻または夫の親が提供する家に移って、独立した家庭を築く。これを「純婿取婚」と言う。

平安後期になると、夫婦は結婚当初から独立し、妻方の親が提供する仮居・新居に住んだ。これを「経営所婿取婚」と言う。

しかし、この高群説に対しては、高群は自らが構想する母系制論に矛盾する資料を意図的に排除していたとする批判があり、前婿取婚期には夫婦同居のケースもみられたとか、平安時代には嫁取婚の夫方居住も行われていたとする指摘もある。

議論のあるところだが、藤原道長が正妻源倫子との結婚を機に、倫子が住んでいた土御門殿に居住して、純婿取婚の形態をとったことは事実である。総じて、平安時代の貴族層の結婚では、妻方の男親が夫婦の後見として重要な役割を担い、その身分や経済力が娘夫婦の将来を大きく左右したということは言えるだろう。

本当は一夫一妻制だった平安時代

一般に、平安時代の人びとは男女の性に対しておおらかで、貴族層では夫が同時に複数の妻をもつ一夫多妻制が公認されていたととらえられてきた。

ところがこれに対して、国文学者の工藤重矩（しげのり）のように、法制度上はあくまで一夫一妻制であり、夫は妻以外の女性を「妾（しょう）」という形で配偶していたにすぎないとする見方もある（『平安朝の結婚制度と文学』）。この場合の「妾」とは、いわゆる「めかけ」とイコールではない。「正妻以外の妻」「第二夫人・第三夫人……」に近い意味合いで、彼女たちが生んだ子供が婚外子扱いされることはない。ここでの「妻」と「妾」の違いを「正妻」と「側室」のそれに置き換えることもできなくもないが、建前としては重婚は不可で、一時点で正式に「妻」を称することができる女性はあくまで一人に限定され、一夫一妻であったというところが、この見方のポイントである。

そして工藤は、平安期史料にみえる「嫡妻（ちゃくさい）」「本妻」「妾妻」の語の違いについて、およそ次のように解説している。

男Aがまずはじめに女B子と結婚して彼女を「嫡妻」とした。いわゆる正妻である。ところが、子が生まれないので離別し、別の女C子と結婚した。この時点でB子は「もとの妻」ということで「本妻」と称されるようになり、C子が嫡妻となる。それでもなお子が生まれなかったのでAは新たにD子を娶った。この時点でAがC子と離別していなければ、D子は「妾妻」すなわち妾となり、離別していれば嫡妻となる。

とはいえ、平安時代の貴族たちの間で、実質的には一夫多妻の婚姻形態が横行していたことは確かである。この場合、夫人たちが揃って同居するということはなく、男はふだんは正妻（妻）と同居し、それ以外の夫人（妾）のもとへは個別に通うという格好を多くとった。ちなみに、正妻は邸宅の「北の対」に住むのが慣例だったので、しばしば「北の方」とも呼ばれた。

紫の上は〝妻〟だったのか、〝妾〟だったのか

『源氏物語』をみると、光源氏はまずはじめ、左大臣家の長女である葵の上と結婚する。葵の上は源氏の正妻であり、源氏は婿取婚スタイルで彼女の家へ通っている。関係が順調であればやがて二人は同居することになっただろう。しかし、気が

合わなかったので源氏の通いは間遠になり、その代わりに六条御息所や末摘花のもとに通ったり、空蟬や夕顔との逢瀬を楽しんだりすることになったのである。このうち、空蟬は人妻であり、夕顔とはゆきずりの恋だが、六条御息所や末摘花は源氏の「妾」とみなせなくもない。花散里や明石の君も妾とみることができるかもしれない。

問題は紫の上である。源氏が自邸で愛育した紫の上と契りを交わすのは、葵の上の急逝後だ。したがって、紫の上は葵の上に代わって正妻の座についたと思いたいところだが、『源氏物語』の作者は紫の上を正妻として明記することを慎重に避けている。やがて女三の宮が源氏のもとに降嫁してくるのだが、彼女は明らかに正妻として迎えられている。女三の宮が皇女で、身分の高い女性であったからだ。この時点で、紫の上は明らかに「妾」である。しかし、女三の宮が出家して事実上源氏と離婚状態になると、紫の上は正妻格の待遇を受けるようになる。

一夫多妻的な形態がごく普通で、それをとくに不道徳なものとして咎める風潮もなかった時代だったとはいえ、女性の側からすれば、夫の愛を自分一人につなぎとめておきたいと思うのは、ごく当然のことであったはずだ。そんな平安朝の女性たちが抱える悩みを描き出したのが『源氏物語』だったとも言えるだろう。

10 平安時代の後宮とは？

皇后・中宮・女御・更衣は〝天皇夫人〟

平安時代の天皇の結婚制度についてもみておこう。

天皇の正妻といえば皇后であり、元来、皇后は一人しか冊立されないものであった。

しかし平安時代中頃になって、この慣例に異変が生じた。

一条天皇（在位九八六～一〇一一年）は、はじめは藤原道隆の娘定子を皇后とした。ただし定子が立后された時点で、太皇太后・皇太后・先帝（円融）皇后がいずれも存命中だったので、区別をつけるため、定子は「中宮」を公的な称号とすることになった。中宮とは本来は皇后の居所のことで、皇后の別称でもあった。

その後、道隆一族と対立する道長の娘彰子が入内すると、彰子が中宮を称することになり、一方の定子は皇后となった。一帝に対し中宮と皇后という二つの身位が生じたわけだが、両者は同格とされたので、皇后が並立する異例の形（二后並立）となってしまった。これは自家の勢力を拡大しようとする道長の策略でもあった。『源氏物語』には、藤壺中宮や秋好中宮、明石の中宮が登場するが、彼女たちは物語中では「后（＝皇后）」とも呼ばれている。作者が、中宮が皇后の別称であった時代を意識していたからだろう。

皇后・中宮に次ぐ天皇の配偶が女御で、摂政・関白・大臣の娘がなるのが通例であり、位階は三位に相当した。人数に制限はなかったので複数の女御が立てられ、その場合は住まいとした内裏の殿舎の名称によって「弘徽殿女御」「承香殿女御」「梅壺女御」などと呼び分けられた。十世紀頃からは女御の中から皇后が多く選ばれるようになったので、その地位は非常に重視された。道長の娘彰子も最初は女御として入内している。『源氏物語』で桐壺帝の中宮となった藤壺は先帝の皇女という設定だが、入内した当初は女御だった。

女御の下が更衣で、大納言以下の娘がなり、四位・五位に叙された。本来は天皇の衣がえの用を務める役だったというが、天皇のそば近くに仕えたために寵愛を受ける者も出て、夫人レベルに遇されるようになったのだろう。

周知のように、源氏の母は桐壺帝の更衣であった。天皇の配偶者としての地位は低いながら、数多の女御たちを差し置いて天皇に溺愛され、世にも美しい皇子を生む。しかもその頃、天皇の正妻である皇后（中宮）は不在であった。――『源氏物語』のこんな冒頭に、平安朝の読者は波瀾含みの物語展開を察知したことだろう。

◉後宮＝天皇の夫人たちと彼女たちに仕える女性官人が暮らす御殿

この他に、天皇の近くには内侍司という役所に属する女性官人（官女）がいて、天皇への取り次ぎや天皇の言葉の伝達にあたったほか、さまざまな雑務を担当した。尚侍・典侍・掌侍・命婦などの別があったが、内侍司の長官である尚侍は、天皇の寵を得て女御・更衣に準じることもあった。

なお、御息所とは、本来は女御・更衣以下の、天皇の寵愛を受けた女性を広くさす言葉だったが、後には主に皇太子妃や親王妃をさす言葉となった。源氏の恋人となった六条御息所は、皇太子（桐壺帝の弟）の妃だったが、死別したという設定になっている。

そして、このような天皇の夫人たちや彼女たちに仕える官女たちが住み暮らす、

平安京内裏概略図

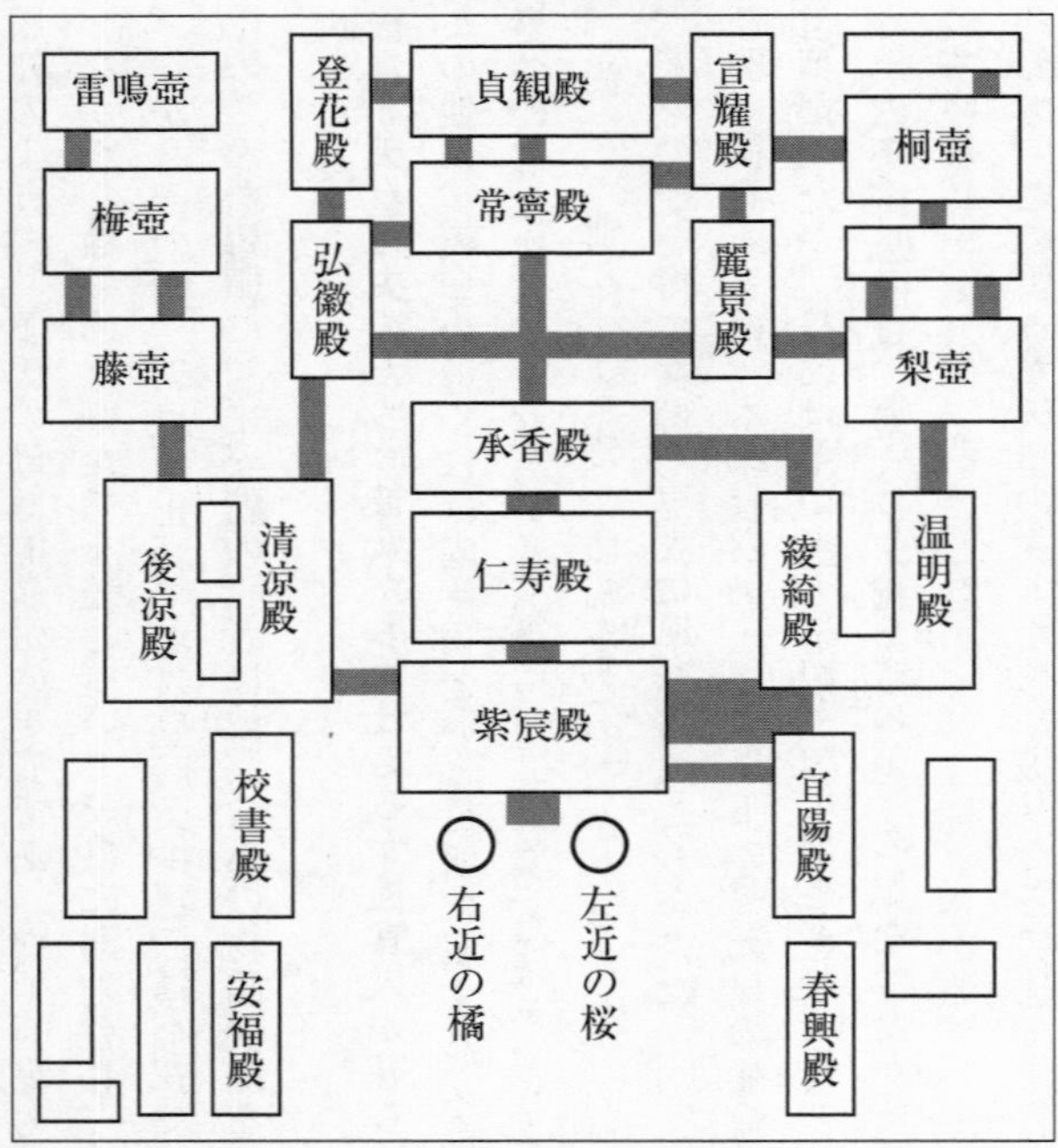

内裏の奥にある御殿全体のことを後宮と呼んだ。先に触れた弘徽殿、承香殿などは、それぞれ後宮内の殿舎ということになる。そこから転じて、後宮は、皇后をはじめ、後宮に暮らす女性たちの総称ともなってゆく。

ところで、「女房」は貴人に仕える女性をさす幅の広い言葉で、邸内に「部屋（房、局）」を与えられたことから生じた呼称だが、内侍司に属して宮仕えした官女もこの中に含まれる。彰子に女房として仕えたと言われる紫式部は、官女としては中級クラスの命婦または掌侍の役職にあったとする説がある（277ページ参照）。

後宮にはこのようなさまざまな女性たちがひしめき、天皇の寵を得ることを求めて競い合っていた。『源氏物語』が背景としているのは、そんな世界だったのだ。

11 物語全体を貫く軸はあるのか？

「予言」をめぐって展開するストーリー

『源氏物語』は、光源氏を中心としつつも、じつに多くの人物が登場する複雑な構造をもった物語だ。時間軸的にも桐壺帝（父）―光源氏―薫（息子）の三代に及び、年数にすれば約七十年である。そのため、読み通すことが容易ではない。『源氏物語』を読みはじめても、第十二巻「須磨」のあたりで投げ出してしまうというのがよくあるパターンで、これを昔から「須磨返り」という。しばらくたってからまた最初から読み直すことになるので、これを光源氏の須磨から京への帰還にひっかけた皮肉である。

そんな複雑な大河小説ではあるが、作者が実際に意図していたかどうかはひとまず措いて、物語全体を貫く軸のようなものを見出せれば、読み進めやすくなるのではないだろうか。

そうした〝軸〟の一例として、「予言」を挙げてみたい。

第一巻「桐壺」に、光源氏（まだ源氏賜姓前なので、作中では「皇子」「若宮」などと呼ばれている）が八歳ぐらいの頃、高麗（こま）（朝鮮の王朝）から来朝した人相見（にんそうみ）が彼を占って、こう告げる場面がある。

「帝王という無上の位に昇るべき相をお持ちですが、そうなると世が乱れてしまうかもしれません。かといって、朝廷の柱石となって天下の政治を補佐する方になるかというと、そのような相とも違うようです」

じつは日本流の人相見からもこれと同じようなことをすでに言われていた。新たに密教占星術の宿曜師（すくようし）に占ってもらっても、同じようなことを言われてしまう。

つまり占い師たちは、少年の光源氏を見て、遠回しに「将来、天皇にはならないが、臣下である大臣や摂政・関白にもならないだろう」と予言したのだ。天皇でもなく、臣下でもない、そんな地位があるのだろうか。源氏は僧侶にでもなるのか。——作者はここで読者をそういぶからせ、一つの謎かけをしているのだ。

物語が進んでゆくにしたがって、この謎は解かれてゆくことになる。源氏は数々の試練を経験した後、第一部の終わりである第三十三巻「藤裏葉」において、准太上天皇という地位に昇る。時に光源氏は三十九歳である。それは文字通り上皇に準じる地位であり、見事なまでに「天皇でもなく、臣下でもない」地位であった。高麗の人相見の予言は的中したことになる。

少年時代の源氏は例の宿曜師からもう一つ重要な予言を受けてもいるのだが、その内容が明かされるのは、第十四巻「澪標（みおつくし）」においてである。それによると、宿曜師は光源氏に対して「御子が三人生まれ、一人は帝に、一人は后に、もう一人は太政大臣（だいじょうだいじん）となって位を極めるでしょう」と予言していたのだという。

そしてこの「澪標」巻では、源氏と藤壺中宮の不倫によって生まれた東宮（表向きは桐壺帝と藤壺の子）が即位して冷泉帝となる。予言が一つあたったのである。同じ頃、源氏が流謫（るたく）中の明石で出会って妻としていた明石の君が女の子を生む。

この明石の姫君は第三十三巻「藤裏葉」では東宮（朱雀帝の皇子）の妃となり、東宮が即位して今上帝になると天皇の女御となり、やがて后（中宮）に栄進する。ここでもまた予言が的中する。

一方、源氏が流謫前に葵の上との間にもうけた息子、夕霧は、臣下として栄達の道を進み、第五十二巻「蜻蛉（かげろう）」では左大臣（写本によっては右大臣）となっている。太政大臣まであともう少しだ。このあとの巻には登場しないが、最終的には予言通り、位人臣（くらいじんしん）を極めたのだろうか。

紆余曲折をへながらも、謎めかした予言の成就をなぞるようにして物語全体が展開してゆく。そうとらえるのも、一つの読み方だろう。

◎光源氏が愛したのは「紫のゆかり」

物語のヒロインたちの人間関係に物語の〝軸〟を見出すこともできる。その一つとして、「紫のゆかり」を挙げてみたい。

光源氏は多くの女性を愛したが、中でも次の三人が彼の人生を大きく左右した。

●藤壺中宮：源氏の父桐壺帝の先帝の皇女で、桐壺帝の中宮。源氏は、母桐壺更衣に生き写しであった藤壺を思慕するあまり密かに情を通じ、藤壺は不義の子として皇子（冷泉帝）を生む。

●紫の上：式部卿宮の娘で、藤壺の姪。源氏は孤児同然だった紫の上を引き取って愛育し、彼女が十四歳になると妻とし、彼女が四十三歳で亡くなるまで深く愛しつづけた。

●女三の宮：朱雀帝（源氏の兄）の第三皇女。やはり藤壺の姪にあたり、紫の上とは従姉妹同士。譲位して出家を前にした朱雀院は、女三の宮の前途を案じて源氏に後見を託し、女三の宮は降嫁して、当時四十歳の源氏の正妻となる。だが、彼女に想いを寄せる頭中将（左大臣家）の長男柏木と密通してしまい、薫が生まれるが、源氏は薫を自分の子として育てる。一方、柏木は自責の念にかられた末に病死し、女三の宮は出家してしまう。

この三人の女性はご覧のように血縁者だが、『源氏物語』の読者たちの間では「紫のゆかり」と総称されることがある。これについては少々面倒な説明が必要だ。「紫」というと紫の上のことがすぐに思い浮かぶかもしれない。しかし『源氏物語』の世界では本来、紫は藤壺のシンボルだった。藤の花が紫色だからだ。紫の上に対しては、じつは原文では「若草」「若君」「女君」「対の上」などさまざまな呼び方がなされており、「紫の上」という呼称は第二十五巻「蛍（ほたる）」が初出である。「紫の上」とは、彼女が「藤壺＝紫」に容貌がよく似た女性であり、「藤壺＝紫」の血縁者であることから生じた愛称なのである。

そこから転じたのか、『源氏物語』本文に、紫の上のことを「紫のゆかり」と呼ぶ箇所がある（第六巻「末摘花」、第三十四巻「若菜上」）。「ゆかり」には「血縁者」という意味があるので、「紫のゆかり」は「藤壺の血縁者」という意味でもある。

さらに読者の間ではより意味が広がって、「紫のゆかり」と言えば、源氏の恋愛の主軸となった、藤壺・紫の上・女三の宮の三人の女性をさすようになったのだ。「紫のゆかり」という表現は、『古今和歌集』の和歌「紫のひともとゆゑにむさし野の　草はみながらあはれとぞ見る」（巻第十七）を踏まえたものとも言われている。ここでの「紫」は紫色の染料が採れる紫草（むらさきそう）のことをさしていることに注意してほしい。和歌全体は直接的には「一本の可憐な紫草があるゆえに、武蔵野の草がみなすべて愛しく見える」という意味だが、ここには「一人を愛したがゆえに、ゆかりの者がすべて愛しくなる」という思いも詠まれている。『源氏物語』の「紫のゆかり」にはこうしたニュアンス、つまり「藤壺を愛したがゆえに、彼女にゆかりがある人がみな愛しくなる」というニュアンスもこめられているのだ。

源氏の母桐壺更衣の象徴である桐の花も紫色なので、彼女も「紫のゆかり」に含められることがある。源氏は「紫のゆかり」を求めて彷徨（ほうこう）を続けたとも言えよう。

第一部・第二部に続く「宇治十帖」では、大君・中の君・浮舟の三姉妹が主人公薫のヒロインとなるのだが、彼女たちを「紫のゆかり」の変奏とみることもできる。

「紫」は『源氏物語』のキーワードであり、紫式部の名もまさにここに由来する。

「紫のゆかり」を物語の軸ととらえるのも、また一つの読み方だろう。

第二章

なぜ光源氏が主人公なのか

物語をめぐる謎

「源氏物語絵色紙帖　初音」（土佐光吉画、桃山時代、京都国立博物館蔵、出典：ColBase）。六条院にて、光源氏の前で明石の姫君が母明石の君からの手紙を読んでいる。

12 時代設定はいつ頃なのか？

醍醐・村上天皇が在位した十世紀はじめを想定

「いづれの御時にか、女御、更衣あまたさぶらひたまひける中に、いとやむごとなき際にはあらぬが、すぐれて時めきたまふありけり」

『源氏物語』の第一巻「桐壺」の記念すべき冒頭である。

「どの帝の御代であったか、帝に仕えていた大勢の女御や更衣の中に、さほど高貴な家柄の生まれではないものの、格別に帝の寵愛を受けている方がいた」と後宮の状況が叙述されたうえで、光源氏の生母、桐壺更衣が紹介されてゆく。彼女は後宮の東北隅にある御殿、淑景舎を住まいとして与えられていたが、この御殿の壺（中庭）には桐が植えられてあったので、桐壺という別名があった。「桐壺更衣」という呼び方はこれに由来する。

ちなみに、この巻に登場する帝は「桐壺帝」と通称されるが、原文ではたんに「上」や「帝」などと書かれているのみである。

さて、「いづれの御時にか＝どの帝の御代であったか」とはあるものの、これはだいたいいつ頃の時代を想定しているのだろうか。『源氏物語』は平安時代なかばの十一世紀はじめ頃にはおおむね書かれていたと言われるのだから、だいたいその頃のことがイメージされているのだろうか――。

現代の読者なら何となくそう考えてしまうかもしれない。しかし『源氏物語』の巻頭は、作品自体が書かれた時代からおよそ百年前の、十世紀はじめ頃を時代設定としているとみるのが通説となっている。

なぜそう言えるのか。

「桐壺」巻に、更衣の死を悼む桐壺帝がその慰みとして「亭子院が描かせた『長恨歌』の絵」に見入る場面がある。『長恨歌』は唐の白居易の長詩で、玄宗皇帝と楊貴妃の悲恋を詠んだものだ。亭子院とは、宇多天皇（在位八八七～八九七年）の譲位後の呼び名である。また『源氏物語』は、この絵に伊勢と紀貫之の和歌が書かれてあったとしているが、二人とも実在の人物で、おもに宇多天皇の時代に活躍した歌人だ。

この箇所のしばらく先には、「桐壺帝は宇多帝の御誡にしたがって高麗人（外国人）を宮中に召さなかった」と書かれる場面もある。「御誡」は、宇多天皇が寛平九年（八九七）に譲位する際、皇子の敦仁親王（醍醐天皇）に贈った訓戒書「寛平御遺誡」のことである。

こうしたことから、「桐壺」巻は、宇多天皇や伊勢・紀貫之らが活躍した時代のあと、つまり醍醐天皇（在位八九七〜九三〇年）の時代を意識して書かれているのだろうという推論が成り立つ。

そのため、桐壺―朱雀（桐壺の子）―冷泉（朱雀の弟）―今上（朱雀の子）の四代の天皇にわたる『源氏物語』全体の時代は、歴史上の醍醐―朱雀（在位九三〇〜九四六年）―村上（在位九四六〜九六七年）の三代にあてるのがオーソドックスな解釈となっている。

醍醐・村上天皇関係系図

※数字は天皇の代数

宇多天皇 59
醍醐天皇 60
源高明
朱雀天皇 61
村上天皇 62
冷泉天皇 63
為平親王
円融天皇 64
選子内親王
具平親王
花山天皇 65
三条天皇 67
一条天皇 66

◉〝天皇親政〟が行われた理想的な王朝時代

醍醐・朱雀・村上の三代天皇のうち、とくに醍醐と村上の治世は、後年、在位期の年号にちなんで「延喜（えんぎ）・天暦（てんりゃく）の治（ち）」と呼ばれて賛美の対象となった。この時代には摂政（せっしょう）・関白（かんぱく）がほとんど置かれずに天皇親政の形がとられたので、理想的な王朝政治が行われたとみられたからだ。実際には深刻なトラブルも生じて必ずしも政情は安定していないのだが、ともかく、紫式部や藤原道長（ふじわらのみちなが）が活躍していた頃の人びとの眼には、延喜・天暦は王朝人が範とすべき理想の時代、古き良き時代として映っていたのだ。

延喜・天暦が憧れの時代に映ったのは、内裏（だいり）の問題もあった。天皇の住まいであり、王朝政治の中枢である内裏は、もちろん当初は平安京の中核である平安宮（大内裏（だいだいり））の中にあった。しかしこの本来の内裏は天徳（てんとく）四年（九六〇）以降、焼失と再建を繰り返すようになり、次第に荒廃してゆく。内裏が罹災（りさい）すると、再建が成るまで天皇は貴族の邸宅などを仮の御所としたが、これを里内裏（さとだいり）と呼ぶ。そして次第に天皇は、内裏が再建されても特別な儀式のとき以外は赴かず、里内裏に常住するようになる。平安宮内裏は広すぎて、日常生活には適さなかったからだ。

つまり、延喜・天暦の頃には、王朝の栄耀を象徴する広壮な内裏に天皇と后妃たちが住んでいた。

それに対して紫式部や藤原道長の時代には、内裏は荒廃し、天皇はおもに里内裏に住んでいた。しかも、天皇親政は遠のき、藤原氏による摂関政治が全盛を迎えていた。式部は寛弘二年（一〇〇五）十二月頃から一条天皇の中宮であった彰子に女房として出仕したとみられているが、ちょうどこの年の十一月に内裏が焼失していたため、その頃の天皇と彰子は彰子の父道長の私邸（東三条殿）に移り、そこを里内裏としていた。翌年には道長の姉詮子（一条天皇母）の所有だった一条院を里内裏とするようになり、内裏の再建が成ってもここで大半を過ごした。つまり、式部が現実に目にしていた内裏とは、正統の内裏ではなく里内裏であり、摂関家の邸宅であった（式部の出仕開始を寛弘三年〈一〇〇六〉十二月とする説もあるが、その場合でも、式部の出仕場所が基本的には里内裏であったことに変わりはない）。

都の中心に構えられた壮大で優美な宮廷に天皇が住まって親政を執り、後宮には美しい后妃たちがひしめく、王朝人の憧れの時代。『源氏物語』が物語の舞台に据えたのはそんな時代だった。

それは現実に式部や道長が活躍していた頃から、およそ五十～百年前の時代である。つまり『源氏物語』が書かれた当時の読者は、決してこの物語を同時代のこととして読んだわけではない。現代人が大正時代や昭和戦前を舞台とした小説を味わうのに似た郷愁を覚えながら、読み進めたのだ。

13 光源氏が「源氏」であることは何を意味するのか？

光源氏の本名は不明

桐壺帝と桐壺更衣の間に生まれた皇子は、少年時代に臣籍に降下(こうか)し、「源(みなもと)」という姓(せい/しょう)（氏名(うじな)）を賜わった。「この若宮は生まれつき聡明だが、母方には有力な後見がいないので、自分が引退すれば皇位をめぐる政争の餌食(えじき)にされ、不遇の生涯を過ごすことになってしまうだろう。ならばいっそのこと、皇族から臣下に降って、天皇を支える政治家になる道を進んだ方が、将来が拓けるのではないか」。帝はそう考えたのである。

そして以後、この人物は、物語の中では「源氏の君」「光源氏」などと呼ばれてゆく。

「光源氏」というのは、たとえようもない美しさのために「光る君」と称えられたことからつけられたニックネームであって、本名ではない。彼は正式には「源◯×」と称したはずだが、◯×部分にあたる本名（実名、諱）は物語中では明かされていない。古代には貴人を本名で呼ぶことは不謹慎とされ、その代わりに役職名などにもとづく通称で呼ぶのが慣例だったからだ。光源氏の子である夕霧や薫も源氏なので、正式には「源～」と名乗ったはずである。

ちなみに、「光源氏」という呼称はじつは原文ではほとんど用いられず、「源氏の中将」「源氏の大臣」、あるいはたんに「内大臣」など、その時々の役職にもとづいて呼ばれていることが多い。他の登場人物も、男性の上流貴族の場合は同様である。こうした呼び方は、平安時代の慣習にもとづいていることはもちろんなのだが、物語全体が、貴人に仕える女房の「語り」というスタイルをとっていることとも大きく関係している。身分の低い人間が、身分の高い人間のことを実名で呼ぶことは決してない。そのことが物語上でも実践され、物語にリアリティを加えているのだ。

◎源氏一門は准皇族的な勢力を形成した

「源氏」と言うと、将軍となって鎌倉に武家政権を開いた源頼朝や義経のことを思い浮かべる人が多いかもしれない。そしてまた「源氏＝武家」というイメージが強いかもしれない。確かに頼朝は源氏であり、武士であった。しかし源氏にも多くの系統があった。頼朝が属した源氏はそのうちの一つ、清和天皇の子孫を祖とする清和源氏だ。武家の棟梁とされた一族である。

源氏の歴史は、平安時代初期の嵯峨天皇の代にはじまる。

ことの発端は、この天皇があまりにも多くの子をつくりすぎたことにあった。三十人以上の夫人をもち、五十人の皇子女をもうけたという。これだけ皇族の数が一遍に増えてしまうと、朝廷の財政に深刻な影響を与えかねない。そこで嵯峨天皇は、弘仁五年（八一四）、信・弘・常ら男女八人の皇子女に「源」という姓（より正確に言うと「源朝臣」という氏姓）を与えて、皇族から臣下に降下させた。これを賜姓臣籍降下という。一種の皇族のリストラだが、これが源氏のはじまりであり、最終的には五十人の皇子女のうち三十二人が源氏となっている。このような嵯峨天皇に出自をもつ源氏を、とくに嵯峨源氏と言う。

天皇が皇族に姓（氏姓）を与えて臣籍に降すということ自体は古くから行われてきたが、そのほとんどは天皇の孫やそれ以下の世代にあたる「王」に別々の姓を与える、というものであった。ところが嵯峨源氏の場合には、天皇の皇子（親王）・皇女（内親王）に対して一遍に同じ姓（氏族名）が与えられたわけで、ここに源氏という姓の特色があった。

つまり源氏とは、藤原氏や菅原氏などの他の一般の氏族とは異なって、臣籍にあるとはいっても天皇との血縁が濃い、准皇族的な氏族勢力だったのだ。「源」とは「一族の源は天皇にある」というニュアンスであり、准皇族的な性格を言い表そうとするものだった。

嵯峨天皇の子の仁明天皇も皇子女を臣籍降下させて源姓を与えた。これが仁明源氏である。以後、平安時代には文徳、清和、陽成、光孝、宇多、醍醐、村上ら各天皇の皇子女（または皇孫）に源姓を賜わるものが出て、それぞれ始祖の天皇名を冠して門流をなした。このうちの清和源氏が武家化してゆき、やがて頼朝が輩出するのだ。

ただし、大部分の源氏は公家(くげ)として活躍し、源信（嵯峨源氏）、源高明(たかあきら)（醍醐源氏）、源俊房(としふさ)（村上源氏）のように左大臣まで昇った人物もいる。十世紀に入って藤原氏による摂関政治が確立するまでは、源氏は中央政界の有力派閥だったのである。

ちなみに、平氏(へいし)もまた皇族から臣籍降下した賜姓氏族で、桓武(かんむ)平氏が有名だが、こちらは源氏と違って、天皇の子ではなく、孫や曽孫の世代が降下している。つま

主な賜姓源氏

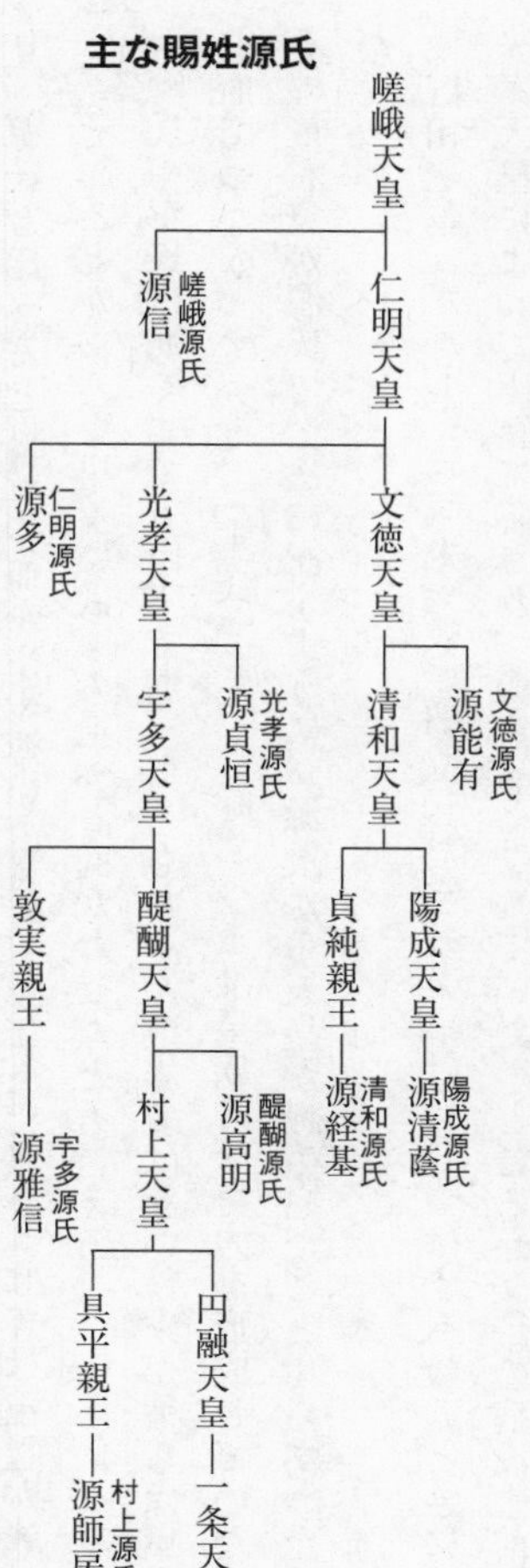

り、源氏と比べると皇統の血がやや薄い。それがゆえに貴族としては出世が難しく、そのことが彼らを早々に武家の道へと向かわせたとも言える。

源氏や平氏はあくまでも臣下であって、もちろん皇族ではない。だが彼らは皇室と血でつながっていて、「王氏」とでも呼ぶべき准皇族的な勢力を形成していた。その最右翼が源氏で、次に記すように、源氏から天皇が誕生したことすらあったのだ。

仁和三年（八八七）に二十一歳で即位した宇多天皇は、じつは十八歳のときに父光孝天皇によって臣籍に降され、源定省となっていた。ところが父帝の病没直前に皇嗣に指名され、急遽親王に復帰して立太子され、光孝天皇崩御の翌日に践祚している。宇多天皇即位には当時の特異な宮廷事情も絡んでいたようだが、ともかく、源氏には皇位継承の資格すら認められていたのである。

したがって、一世源氏の多い平安時代なかばまでは、「源氏＝皇子」というイメージが強かったはずだ。光源氏とは、このようなきわめて特殊な氏族に属して生きた人間であり、『源氏物語』とは、そんな一族を主役にした物語、つまり「源氏の物語」であった。

14 光源氏は実在の人物をモデルにしているのか？

古注釈書に書かれた光源氏のモデルたち

父親は天皇で、ハンサムで、有能な政治家で、教養豊かで、歌舞や琴の名手で、絵画の才もあり……といった具合に、いくらでも賛辞を連ねてゆくことができるスーパースター光源氏は、もちろん、物語の中の架空の人物ではある。だが、たとえば池波正太郎の『鬼平犯科帳』の主人公が実在した火付盗賊改方長谷川平蔵をモデルとしたように、そのキャラクターのモデルを、実在の人物に見出すことはできないのだろうか。

公卿四辻善成の手によって貞治年間（一三六二〜一三六八年）頃に成った『源氏物語』の注釈書『河海抄』は、第一巻「桐壺」の「光る君と聞こゆ」という文、つまり少年時代の光源氏が「光る君」と称えられたとする記述に、注として、敦慶親王、是忠親王、源光という三人の実在した人物の名を挙げている。この三人を光源氏（光る君）に擬すことができるということなのだろう。そこで、この三人のプロフィールを簡単に紹介してみよう。

●敦慶親王：八八七～九三〇年。宇多天皇の第四皇子で、中務卿、式部卿などを歴任。容姿端麗の色好みで、「玉光宮」と称された。和歌や琴にも優れた。

●是忠親王：八五七～九二二年。光孝天皇の第一皇子で、十四歳のときに一度臣籍降下して源氏となっているが、三十五歳時に中納言となり、親王に復している。光源中納言という異称があったという。

●源光：八四六～九一三年。仁明天皇の皇子だが、臣籍降下して源氏となる。昌泰四年（九〇一）、菅原道真が失脚すると右大臣となっている。

三人と光源氏に共通するのは、皇子であり、異称や諱に「光」が入っているという点だろう。逆に言えば、三人にはその程度しか「モデル」とみなせる要素がない。

ただし、玉光宮と称された敦慶親王については、こんな興味深い事実がある。

敦慶親王の父宇多天皇は、女御の温子に仕えた女房で歌人としても知られた伊勢を寵愛し、一子をもうけた（ただし夭折）。ところがその後、宇多天皇の存命中に敦慶親王が伊勢のもとに通い、二人の間に一女が生まれている。つまり、敦慶親王は父帝の夫人（継母）に恋慕して、子をつくった。

これは、光源氏が父桐壺帝夫人の藤壺に恋慕して不義の子（冷泉帝）が生まれた構図と似ている。この類似ははたして、偶然の産物だろうか。

光源氏と重なる源高明や在原業平の生涯

『河海抄』は、前出の注とは別に、全体の冒頭の中で、光源氏を「西宮左大臣」と称された源高明に擬する説も紹介している。

源高明（九一四〜九八二年）は醍醐天皇の皇子で、七歳のときに臣籍降下して源氏となる。二十六歳で参議となり、その後昇進を重ねて五十三歳で右大臣、翌年には左大臣にまで昇った。

ところが、安和二年（九六九）、五十六歳のとき、安和の変に連座し、大宰権帥（大宰府の副長官）に任じられて九州に左遷されてしまう。安和の変は、「冷泉天皇の皇太子守平親王（後の円融天皇）を廃位させ、同母兄為平親王を擁立する謀反が企てられている」という密告が源満仲らによってなされたことにはじまったもので、高明は為平親王の義父であったために関与を疑われたのである。しかし、真相は藤原氏がライバルを排斥するために企てた陰謀だったとも言われている。高明は天禄三年（九七二）に赦されて京に召還されるが、その後は政界に復帰することなく没した。

一世の源氏ながら、政変に遭って左遷されたところは、スキャンダルが発覚して須磨に退去した光源氏と確かに重なるところがある。光源氏の父桐壺帝を醍醐天皇に擬する通説からしても、醍醐天皇の皇子である高明は光源氏のモデルたる資格を充分にそなえている。また『河海抄』には、紫式部は高明と親しかったので、左遷された高明を偲んで『源氏物語』が作られた、という有名な伝説も記されている（148ページ参照）。ただし『河海抄』は、高明にはさして「好色」の噂がないとし、彼を光源氏のモデルとすることに疑問を呈してもいる。

好色という点では、美男の歌人で、恋をめぐる歌物語『伊勢物語』の主人公とされる在原業平（八二五～八八〇年）を光源氏のモデルに挙げる説が古くからある。業平もまた賜姓皇族で、平城天皇の皇子阿保親王の子として生まれたが、二歳のときに臣籍降下して在原氏となっている。

光源氏のモデル候補には、若くして内大臣にまで進むも、対立した叔父藤原道長との政争に敗れて九州に左遷された中関白家の藤原伊周（九七四〜一〇一〇年）も挙げられてきた。そしてまた、紫式部とも深い関わりがあった、『源氏物語』が成立した頃の一大権力者、道長その人をモデルに推す声もある。

もっとも、繰り返しになるが、光源氏は物語の中の架空の人物である。そのモデルを一人に限定する必要はないだろう。作者は、恋と権力闘争に翻弄されながら廟堂を行き交った男たちの姿を融合させて、光源氏という「究極の尊い皇子」とでも言うべき理想的な人物像を造形した――。そんなふうに読み解いてみてもよいのではないだろうか。

15 光源氏の豪邸「六条院」のモデルとは？

源氏が愛する女性たちが同居した大邸宅

光源氏は当初、母桐壺更衣の里第（私邸）であった二条院を本邸としていたが、太政大臣にまで進んだ三十五歳頃、かねて構想していた、庭園に四季の風物を配する広大な邸宅の造営に取り掛かり、約一年後に完成した。これが六条京極付近に建てられた六条院で、四町四方（約二百四十メートル四方）の敷地をもつこの邸宅は、源氏の栄華のシンボルとなった（第二十一巻「少女」）。平安京では大路小路で囲まれた基本ブロック（約百二十メートル四方）を一町と呼び、公卿は一町、一般庶民は一町の三十二分の一の区画を宅地とするのが基準だったので、四町がいかに破格の広さであるかがわかるだろう。

六条院の東南の「春の町」には源氏と紫の上が入り、東北の「夏の町」には花散里が、西北の「冬の町」には明石の君が住んだ。残る西南の「秋の町」は、冷泉帝の中宮梅壺（秋好中宮）の里第となった。後には玉鬘や女三の宮も六条院に迎えられている。

六条院内に秋好中宮の里第があったのは、中宮が母六条御息所（源氏のかつての恋人）から受け継いでいた邸宅を増改築する形で六条院が建てられたからだ。

要するに、そこは秋好中宮の実家だったわけだが、彼女の後見役も務めていた源氏は、女御から中宮に冊立された彼女のために、それを豪奢なものに建て替えたのである。

この世の極楽のごとく彩られた六条院は光源氏の栄耀栄華を演出したが、邸宅の正式な主は、源氏ではなく秋好中宮であった。ところがそこに、源氏は大胆にも自分が愛する女性たちを集めて同居したのである。それは、婿取婚を基本とした平安時代の貴族社会では現実にはありえないことであり、フィクションだからこそ可能な設定であった。そんな現実離れした六条院が映し出していたのは、じつは王権をも侵犯しかねない源氏の権勢であったのだ。

六条院のモデルとされる源融の河原院

六条院については、平安時代、六条京極付近に実在した河原院がモデルになっているのではないかということが古くから言われてきた。

河原院は平安時代初期の左大臣　源　融（八二二～八九五年）の別邸で、鴨川のほとりに位置し、六条院と同じく四町もの敷地を有した。

融は嵯峨天皇皇子で、嵯峨源氏の一人だが、台頭してきた藤原氏の勢力に阻まれて、左大臣より上に進むことができなかった。しかし、風雅を好んで豪奢な生活を送ったことで知られ、その象徴となったのが、河原院だった。贅を尽くした庭園がとくに有名で、陸奥の塩釜の景色を模し、常に海水を池に運び入れて海の魚を泳がせ、塩屋には塩焼きの煙がたなびいていたという。融はこの邸宅をこよなく愛した。

紫式部が生きた十一世紀はじめにはすでに荒廃していたようだが、平安時代の『源氏物語』の読者ならば、六条院の描写から源融の河原院をきっと連想したことだろう。『河海抄』によれば、河原院は六条院とも称したというのだから、なおさらだ。

ちなみに、六条院の「四季の町」という設定は、『源氏物語』に先行して十世紀末に成立した『宇津保物語』に想を得たのではないかと言われている。同書の「吹上上」巻に、紀伊国の長者神南備種松が住む、四面に四季を配した邸宅が登場しているからである。

源融もまた光源氏のモデルか

融は風光明媚で知られた洛西の嵯峨野にも別邸を営み、これを棲霞観と名づけた。融の没後、棲霞観は寺に改められ、その後身が、今に法灯を伝える嵯峨釈迦堂、清凉寺である。三国伝来の霊像とされる釈迦如来立像（国宝）を本尊とすることで有名だ。

『源氏物語』をみると、六条院の造営に取りかかる数年前、仏道に心を寄せた光源氏は嵯峨野のあたりに御堂を造営した（第十八巻「松風」）。その場所は大覚寺の南で、滝殿があったという。この嵯峨の御堂は、大覚寺の南に位置した融の棲霞観に擬されていると言われている。

融は宇治にも広大な邸宅を建てているが、宇治川西岸にあったこの別邸は、源重信、藤原道長の手をへて道長の嫡子頼通に伝領され、頼通はこれを寺に改めた。これが宇治平等院だ。

宇治は『源氏物語』では「宇治十帖」の舞台になっているが、宇治川西岸には、かつて光源氏が所有し、その長男夕霧に伝領された別邸があるという設定になっている（第四十六巻「椎本」）。その別邸のたたずまいは、融の宇治院とイメージが重なってくる。

光源氏の行く先々で融の影と出くわす。源融もまた光源氏のモデルの一人に加えてもよさそうである。

16「夕顔の怪死」は実際に起きた事件だったのか？

「なにがしの院」で急死した夕顔

源融が鴨川のほとりに営んだ広大な河原院は、前項で触れた他にも『源氏物語』と深い関わりをもっている。この場所で、『源氏物語』の第四巻「夕顔」のモチーフになったと言われる、怪事件が起きているからだ。

その事件を説明する前に、「夕顔」巻のさわりを記しておこう。

「十七歳の光源氏は、六条に住む恋人、六条御息所のもとに向かう途次、五条にあった夕顔の咲く宿（夕顔の宿）に住む可憐な女性（夕顔）に目を留め、やがて二人はお互いに身分を秘したまま、交わりをもつようになる。

源氏は夕顔との恋に溺れ、中秋の名月の夜を夕顔の宿で過ごしたあと、彼女を隠れ家である『なにがしの院』に連れ出す。夕顔は庭園が荒れていた『なにがしの院』で、おびえながらも源氏と睦まじく過ごし、やがて夜を迎えた。

源氏がまどろんでいると、枕元に美しい女が立ち、『私のところを訪ねずに、こんな女をかわいがって、なんと恨めしい』などとなじりだした。物の怪に襲われたような心地がして目を覚ますと、灯火が消えていて、夕顔は気を失っている。灯りを取り寄せて夕顔を見ると、枕元に先ほどの夢に現れた女が再び幻のように現れたかと思うと、ふっと消え失せた。そのとき夕顔は、すでにこと切れていた」

怪事件が起きていた源融の河原院

物の怪に襲われて頓死してしまう夕顔、これにはげしく狼狽する光源氏……。このあたりは『源氏物語』中でも屈指の名場面だが、あやしげな隠れ家「なにがしの院」は河原院がモデルであり、それどころかこの怪異譚自体も河原院で起きたある怪事件をモチーフとしているのではないか——とよく言われてきた。

融が愛した河原院は、彼が没すると宇多法皇の手に渡っている。宇多天皇の法皇時代は昌泰二年（八九九）～承平元年（九三一）だが、事件が起きたのはその頃のことと言われ、平安時代後期にまとめられた説話集『江談抄』には、およそ次のように書かれている。

「ある日、法皇が京極御息所とともに河原院へ出かけ、月夜のもとで房事をはじめた。すると、見知らぬ男が戸を開いて現れた。法皇が『誰だ！』と問うと、男は言った。

『融でございます。御息所を賜わりたいと存じます』

すると、法皇はこう叱責した。

『生前のおまえは臣下であり、私は主上であった。無礼なことを言うな。さがって帰れ！』

だが、融の霊はやにわに法皇の腰に抱きつき、御息所は恐怖のあまり失神してしまった」

豪邸への執着のあまり、融の亡霊が法皇の前に現れたというのである。御息所は一命はとりとめたそうだが、夕顔の怪死を連想させる展開である。

法皇が河原院で融の亡霊と遭遇したという話は『今昔物語集』や『宇治拾遺物語』などにも見出すことができる。おそらく融没後、河原院で幽霊の出没が噂される怪事件が実際に起きていたのだろう。そして、平安時代なかばには京では誰もがよく知る幽霊話となっていて、紫式部もきっと耳にしていたにちがいない。

夕顔のモデルは具平親王が愛した「大顔」か

「なにがしの院」を河原院に比定する説は『河海抄』にもみえるオーソドックスなものなのだが、歴史学者の角田文衛は緻密な考証を行ってこれに異論を唱えている（『紫式部伝』）。

角田はまず、平安京の五条にあったという「夕顔の宿」の正確な場所を、本文の描写をもとに左京五条二坊十四町と推定する。そして、「なにがしの院」はこの「夕顔の宿」からほど近いところにあったと想定し、付近にこれにふさわしい邸宅を捜し求めると、浮かび上がってくるのは、河原院ではなく、千種殿であるという。

千種殿は歌人・詩人として知られた村上天皇皇子の具平親王（九六四〜一〇〇九年）の邸宅で、二町の広さを占めていた。角田が推定する「夕顔の宿」からは直線距離で南東に約三百四十メートル。対して、河原院までは約千百メートルなので、確かに千種殿の方がかなり近い。また、千種殿は親王の本邸ではなく別邸であり、敷地が広大だったために親王在世の時点でかなり荒れていた。これらのことは「な

平安京条坊図

1内裏　2朝堂院（八省院）　3豊楽院　4真言院　5朱雀門　6一条院　7染殿　8清和院　9源師時邸　10高倉殿　11土御門殿（藤原道長邸）　12枇杷殿　13小一条殿　14花山院　15本院　16菅原院　17高陽院　18近院　19小松殿　20冷泉院　21陽成院　22小野宮　23穀倉院　24大学寮　25神泉苑　26堀河院　27閑院　28東三条殿　29鴨井殿　30小二条殿　31右京職　32左京職　33弘文院　34御子左殿　35高松殿　36西三条殿　37奨学院　38勧学院　39朱雀院　40四条後院　41六角堂　42紅梅殿43後院　44小六条殿　45河原院　46中六条院

A紫式部邸　B光源氏二条院　C夕顔の宿　D千種殿
※A～Dは角田文衞説にもとづく推定地。

にがしの院」の状況と合致する。

しかも、具平親王の母方の祖母と紫式部の父方の祖母は姉妹で、二人はまたいとこの関係にあり、両家は近しい間柄にあった。文人でもあった式部の父藤原為時（ためとき）は、おそらく文芸に造詣の深い具平親王を、娘を伴って千種殿にしばしば訪ねただろう、だから、式部は千種殿のことをよく知っていたはずだ――とも角田は指摘している。

さらに角田は、夕顔のモデルは具平親王の雑仕女（ぞうしめ）だったと推断する。雑仕女とは貴族に仕えて雑役を務めた女性のことだが、具平親王は「大顔（おおがお）」という名の雑仕女を寵愛し、子までもうけた。ところが、ある月の明るい夜、親王がこの女性を連れて嵯峨の広沢池（ひろさわのいけ）のほとりにある遍照寺（へんじょうじ）に出かけて観月していると、彼女は物の怪に襲われて急死してしまった。この話は鎌倉時代成立の説話集『古今著聞集（ここんちょもんじゅう）』に収められている。

月夜に物の怪に襲われて急死するという展開は「夕顔」とそっくりで（正確に言うと、夕顔が亡くなったのは満月の翌日の夜だが）、大顔という名前も夕顔に通じる。『源氏物語』作者は、具平親王が愛した大顔の怪死事件をヒントに、場所を遍照寺から千種殿に移して、「夕顔」を書いたのか。

作者が沈黙している以上、この手のモデル論は結局は水掛け論に終わってしまうが、実在の人物や現実の事件を巧みに取り込むことが、物語に写実性を与える、『源氏物語』一流の手法になっているのではないだろうか。

17 モデルを明確に特定できる登場人物はいるのか？

好色な老女として描かれた源典侍（げんのないしのすけ）

光源氏をはじめ、実在の人物がモデルになっているのではないかと取り沙汰される登場人物は『源氏物語』には数多くいるが、いずれもモデルの特定には決め手を欠く。そんななか、ほぼ間違いなくモデルを特定できる登場人物がいる。それが、好色な老女として戯画的に描かれる源典侍（げんのないしのすけ）だ。

源典侍が最初に登場するのは第七巻「紅葉賀（もみじのが）」だ。ちなみに「典侍」とは天皇に近侍した官女（かんじょ）の職名の一つで、後宮官人としては高級である。「源典侍」は彼女の通称であり、彼女が源氏の生まれで、典侍の職にあったことを示している。

十九歳の貴公子であった光源氏は、桐壺帝に仕える源典侍が、六十近い老女ながら好色だという噂を耳にすると、戯れに誘ってみた。すると典侍は待ってましたとばかりに、流し目を送って言い寄ってきた。彼女には前々から修理大夫（すりのかみ）という恋人がいて、さらに源氏の友人頭中将（とうのちゅうじょう）とも関係を結んでいたにもかかわらずである。そしてある夜、内裏の温明殿（うんめいでん）のあたりをぶらぶらしていた源氏は、温明殿を詰所としていた典侍が弾く琵琶の音につられてつい彼女の局（つぼね）に入ってしまい、夜を共にしてしまう。これを密かに覗き見ていたのが頭中将で、源氏をからかってやろうと局に忍び込み、暗闇の中で源氏に詰め寄って、太刀を抜いた。源氏は頭中将を修理大夫と勘違いして慌てふためき、典侍も震えながら「あなた、許して！」と手を合わせて謝る。やがて源氏は頭中将のいたずらと気づき、若者二人には笑い話で終わる――という顛末（てんまつ）なのだが、典侍の年甲斐もない好色ぶりが強調される挿話となっている。

典侍はこの後、第九巻「葵（あおい）」と第二十巻「朝顔（あさがお）」にも顔を出すが、相変わらず源氏にコケットリーを示して、読者の笑いを誘っている。

実在の源典侍は、式部の兄嫁

「帝の覚えもめでたいベテランの官女だが、歳に見合わず厚化粧で好色で、源氏や頭中将のような若者にも色めかしてアプローチしてくる」というのが典侍のキャラクターとなろうが、作者はこれをことさらに面白おかしく描こうとしている。そのため、読者には余計に印象が残る仕掛けになっている。

こんな人物のモデルにあてられたら、当人はたまったものではないだろうが、紫式部が出仕していた時期の宮廷には「源典侍」と呼ばれていた女性が確かに一人いた。

角田文衞は藤原道長の日記『御堂関白記（みどうかんぱくき）』や南北朝時代編纂の諸家系図集『尊卑分脈（そんぴぶんみゃく）』などの記述をもとに、十一世紀はじめ頃の宮廷に一条天皇に仕えて源典侍を称した女性が実在していたことを明らかにし、その女性の本名も割り出して、源明子だとしている（『紫式部伝』）。

角田の考証によれば、明子は天徳二年（九五八）の生まれで、父は陸奥守（むつのかみ）を務めた源信明（さねあきら）。光孝源氏の流れである。十七歳で中流貴族の藤原説孝（のりたか）と結婚し、二十歳頃から内裏に出仕し、四十二歳頃までには典侍に任じられた。藤原説孝は、驚くべきことに紫式部の夫藤原宣孝（のぶたか）の同母兄であった。要するに、源明子は紫式部の義兄の妻、すなわち兄嫁だった。

ところが、明子は寛弘四年（一〇〇七）、五十歳のときに辞表を提出する。式部はこの年には確実に一条天皇の中宮彰子のもとに女房として出仕していて、通説では、この頃までには『源氏物語』は式部によってかなりの部分が書かれ、貴族たちの間で読まれていたことになっている。

そんなことから、角田は、五十歳での明子の辞表提出は、老齢によるものではなく、『源氏物語』に「源典侍」が好色であさましい老女として辛辣（しんらつ）に描かれ、それが自分へのあてこすりとして周囲に受け取られることにこらえきれなくなったためだ、と論じている。そして、明子はそう受け取られても致し方がないほどに現実に貞潔を欠く高慢な婦人で、部下にあたる女性たちからは反感を抱かれていたのではないか、とも指摘している。

ただし、明子は慰留（いりゅう）されたらしく、その後も彼女は引き続き典侍として宮中に仕え、寛仁（かんにん）二年（一〇一八）、六十一歳で退官した。

式部はなぜ兄嫁を『源氏物語』の中で風刺したのか

角田説には憶測も含まれているが、紫式部が出仕していた時代に、源典侍を通称とする源明子という年増の高級官女がいた事実は動かない。この頃すでに『源氏物語』が宮廷に出入りする貴族たちに読まれていたのなら、彼らは「源典侍」の名を見たとき、当然明子のことを思い浮かべたはずであり、戯画的な一幕を読んで失笑したことだろう。現代にたとえれば、週刊誌のゴシップ記事を読むようなものだ。

そうなると、兄嫁を世間の笑い者にするような文をものした紫式部の真意が問われるが、角田は、式部もまた何らかの理由で明子に反感を抱いていたのだろうとしている。式部は巧妙な打算のもと、作品中で兄嫁に意趣返しをしたというのだ。

面白い見方ではあるが、しかし、たいていの人間が「親戚」としてつながってしまう窮屈な宮廷貴族の社会で、そんな大胆なハラスメントが本当に行われていたのだろうか、という疑念も浮かぶ。そんなことをしたら、書いた方も相応のリスクを負うことになりはしないか。『源氏物語』の源典侍のエピソードは、式部が宮廷を退いてだいぶたってから書き加えたものなのではないだろうか、いや式部以外の別の人間が後年に書き加えたものなのではないだろうか。——そんな考えも頭をよぎるのだ。

18 藤原氏はどのように描かれているのか？

"左大臣家""右大臣家"＝藤原氏

すでに記したように、光源氏は天皇の血を引く准皇族的氏族、源氏のメンバーであり、しかも若くしてその源氏一門のリーダー格を託されるような人物であった。平安時代の実際の歴史をみると、源氏に対抗する有力氏族と言えば、藤原氏である。ならば、『源氏物語』にも藤原氏が登場しているのだろうか。

第一巻「桐壺」から登場する、帝に鍾愛(しょうあい)された桐壺更衣に激しく嫉妬した弘徽殿女御(こきでんのにょうご)の実家である右大臣家と、光源氏の正妻葵の上の実家で、源氏の友人にしてライバルである頭中将を嫡男とした左大臣家は、固有の氏名(うじな)は示されてはいないものの、明らかに藤原氏がイメージされている。

というのも、平安時代には中期以降になると、大臣以上のポストに就くことのできる氏族は、源氏以外では事実上、藤原氏に限定されていたからだ。『源氏物語』

が右大臣家・左大臣家の固有名を記さずに曖昧にしているのは、一義的には、この物語が原則として人物の実名を記さず官職名や通称で表記したためである。しかし『源氏物語』が書かれた頃の読者ならば、「藤原」の名が出てこなくても、現実の状況からこの両家が藤原氏であることはおのずと察しがつくので、作者は強いて書かなかったとも言えよう。

ちなみに作中では、右大臣家に「藤大納言」（弘徽殿女御の兄）、左大臣家に「藤宰相」（頭中将の子）と呼ばれる人物がそれぞれ端役で登場している。「藤」は藤原の略である。

藤原氏の本流となったのは道長の御堂流

では、右大臣家と左大臣家はどういう関係にあり、彼らと源氏の関係は物語の中ではどう展開しているのだろうか。

この問題に進む前に、現実の藤原氏の歴史を振り返っておきたい。

大化の改新の功臣とされる鎌足を始祖とする藤原氏は、奈良時代には南家・北家・式家・京家の四家に分かれた。平安時代に入ると、このうちの北家が躍進し、良房（八〇四～八七二年）を皮切りに摂政・関白が輩出して、藤原氏の本流となった。

しかし北家もしだいに分立してゆき、良房の曽孫にあたる代には、嫡流は、実頼（九〇〇～九七〇年）を祖とする小野宮流と、師輔（九〇八～九六〇年）を祖とする九条流に分かれた。そして九条流に天皇との外戚関係が続いたので、摂政・関白は九条流が独占するようになる。摂政・関白を出す家柄は摂関家と呼ばれ、藤原氏のリーダー格とみなされたが、九条流はこれにあたる。

藤原北家・御堂流と中関白家

北家 藤原良房＝（養子）＝基経―忠平
忠平―小野宮流 実頼＝（養子）＝実資
忠平―九条流 師輔―兼家
兼家―中関白家 道隆―伊周／隆家／定子
兼家―御堂流 道長―彰子／頼通
定子＝一条天皇＝彰子

その九条流にも分枝が生じ、師輔の子兼家の五男道長（九六六～一〇二七年）が娘三人を中宮に冊立させて政権を独占すると、以後、摂関はその子孫が占めるようになった。これを御堂流という。一方、兼家の長男道隆（九五三〜九九五年）の流れは中関白家と呼ばれるが、こちらは御堂流の道長との政争に敗れ、勢いを失ってゆく。

このように一口に藤原氏と言っても多くの派閥があるのだが、『源氏物語』が成立したとされる十一世紀はじめ頃の時点でその本流にあったのは、道長をトップとする摂関家の北家御堂流だった。逆に言えば、藤原氏には、道長のような成功者とは違って、位階は四位・五位どまりで公卿になれずに終わった、中級以下の貴族も数多くいたということだ。藤原氏である紫式部の父為時もまたその一人だ。

とはいえ、平安朝廷において、源氏を含めて他の氏族を圧倒していたのが、巨大勢力を形成した藤原氏であったことは間違いない。

『源氏物語』を貫く「源氏vs藤原氏」という構図

『源氏物語』の世界に話を戻すと、右大臣家は、弘徽殿女御が生んだ桐壺帝の第一皇子が東宮（皇太子）、そして天皇（朱雀帝）となることで栄えていったが、物語の後半ではその存在はあまり目立たなくなる。ちなみに、光源氏の須磨流謫は、右大臣家の娘朧月夜の君との密会が露顕したことが直接の原因になっていて、それは藤原氏による政界からの源氏追放という意味合いももっていた。

一方の左大臣家は物語全体を通じて光源氏のライバルとして存在感を示し、右大臣家とは姻戚関係で結ばれて、これをなかば吸収してゆく。また桐壺帝時代の左大臣は冷泉帝が即位すると、太政大臣に就いている。その力関係からみれば、左大臣家は、同族のライバルを次々に退けていった歴史上の藤原摂関家、とくに御堂流にあてることができ、右大臣家は道長によって弱体化された中関白家にあてることができるかもしれない。

ただし、左大臣家と光源氏は必ずしもライバル関係に徹しているわけではなく、敵でもあれば味方でもあり、対立したかと思うと仲よくしたりと、複雑である。たとえば、源氏は左大臣家に見込まれて婿入りして葵の上を正妻とするも、あまり相性が合わず、婚家への通いも途絶えがちになり、やがて葵の上は世を去ってしまう。左大臣家の嫡男で、葵の上の兄である頭中将とは若い頃はよき友人だったが、源氏が須磨・明石から帰京して政界で躍進しはじめると、二人は政敵として対立するようになる。

そしてその合間には、頭中将を父とする夕顔の遺児玉鬘に源氏が密かに恋慕する、頭中将の娘雲居雁（くもいのかり）が父親の意に反して源氏の嫡男夕霧と結婚してしまう、源氏が皇室から迎えた幼な妻女三の宮が頭中将の長男柏木（かしわぎ）と密通してしまう、といった具合に、両者の間には子供たちも巻き込んで幾多の色恋沙汰が連鎖する。

姻戚関係が複雑にめぐらされてもいるので一概には言えないのだが、光源氏が源氏を、頭中将が藤原氏を代表しているとみるならば、全体としては、「源氏（王氏）vs藤原氏（摂関家）」という構図を『源氏物語』はもっていると言える。そして第一部・第二部（第四十一巻「幻（まぼろし）」まで）について言えば、光源氏は最終的には太政大臣をへて准太上（じゅんだいじょう）天皇にまで昇り、一人娘の明石の姫君は入内（じゅだい）して中宮に立てられるも、頭中将は太政大臣で致仕（ちし）し、娘を中宮に立てることもできなかったのだから、政治的には光源氏が勝者ということになる。

「源氏vs藤原氏」という構図に着目するなら、藤原摂関家が権力を独占している現実世界とは真逆に、弱小だった源氏が政界で栄冠を勝ち取るというサクセスストーリーを、『源氏物語』のテーマの一つととらえることもできるのだ。

19「宇治十帖」をめぐる謎とは？

◎「源氏vs藤原氏」という構図が霞む第三部

前項で、「源氏vs藤原氏」が『源氏物語』のテーマの一つなのではないか、という見方を提示したばかりだが、第一部・第二部に続く第三部（第四十二巻「匂宮」以降）になると、この構図が素直に当てはまらなくなってしまうのが、この見方の短所である。

光源氏亡きあとの時代を描く第三部は、「匂宮」「紅梅」「竹河」の三巻と、宇治を主な舞台とする「宇治十帖」（第四十五巻「橋姫」～第五十四巻「夢浮橋」）によって構成され、匂宮と薫という二人の貴公子と、宇治に隠棲していた光源氏の異母弟八の宮（桐壺帝の第八皇子）が遺した三人の姫君（大君、中の君、浮舟）が織りなす、複雑な恋愛模様を追って話が展開する。

匂宮は、今上帝（朱雀帝の皇子）を父、明石の中宮（光源氏の一人娘）を母とする。つまり光源氏の孫である。その名前は、体臭が芳しい薫に対抗していつも着物に香をたきしめていたことに由来する。光源氏の旧邸二条院を本邸とする、源氏の正統の血を引くプレイボーイで、エピキュリアン的な皇子である。

これに対して薫は、表向きは光源氏と正妻女三の宮（朱雀帝の皇女）の子ではあるが、すでに記したように、本当の父親は左大臣家の柏木（頭中将の長男）であった。この出生の秘密をそれとなく感知していたせいか、名家に育ったにもかかわらず青年時代から厭世的（えんせいてき）で、恋愛にも消極的であり、出家を望むほどであった。

つまり、氏族の観点で見ると、薫は、源氏であって源氏ではなく、藤原氏（左大臣家）であって藤原氏ではないという、極めて曖昧で両義的なポジションにあった。そのことをもまた彼の性格を憂愁を帯びたものにしていると言える。こうしたこともあって、源氏vs藤原氏という構図は第三部では霞んでしまっているのだ。

そして物語は、エピローグに向けて、権力闘争とか恋のさや当てといった次元を超えた、不可思議な領域へと読者を連れてゆく。

第一部・第二部とは作風ががらりと変わる「宇治十帖」

第三部の中でも中核となる「宇治十帖」は、ともすると付録のような目で見られがちだ。しかし、小説作品としてみると、登場人物がやたらと多くて話があちこちに飛ぶ第一部・第二部に比べて、はるかによくまとまっていて読み進めやすい。

ただし話のトーンは、陽性的な第一部・第二部に比べると、薫の性格を反映してか、どこか暗く、翳（かげ）りがある。文体も第一部・第二部とは異なる、とする指摘もある。そして先に触れたように、主題についても第一部・第二部と「宇治十帖」ではズレを見出すことができる。

要するに、第一部・第二部と「宇治十帖」の間には、同じ人間が書いたとは思えないほどの著しい作風の違いがみられるのだ。

正治（しょうじ）元年（一一九九）かその翌年頃に書かれたという『白造紙（しろぞうし）』と呼ばれる百科辞書的な書物（高野山正智院旧蔵）は、「源シノモクロク」と題された、『源氏物語』の巻名リストを収めていることで注目されているのだが、これを見ると、「宇治十帖」にあたる巻名が列記されたあとに、「コレハナキモアリ」という注記がなされている。これは、鎌倉時代初期には、「宇治十帖」をもたないバージョンの『源氏物語』も流布していたことをさしているとみられる。中世の読者も、「宇治十帖」が第一部・第二部とは異質であると認識していたことの証しだろう。

こうしたこともあってか、「宇治十帖」については作者を紫式部とは別人とみる説が古くからある。有名なのは紫式部の娘藤原賢子（女房名は大弐三位）を作者とする説で、十五世紀後半に一条兼良によって編まれた『源氏物語』の注釈書『花鳥余情』にみえる。

もちろん、「紫式部は、全く異なるトーンの小説を巧みに書き分けるスキルを具えた天才作家だったのだ」と言ってしまえばそれまでなのだが、それでも第一部・第二部との断層を見せる「宇治十帖」については作者別人説、後人補筆説が古来絶えない。

もっとも、『源氏物語』は、「宇治十帖」が存在したからこそ、ありきたりの物語を超えた重層的な文学性をもつことになり、長く読み継がれることになったとも言えよう。

20 朱雀帝・冷泉帝は実在した同名の天皇がモデルなのか？

平安時代の天皇は在位中はたんに「帝」「上」と呼ばれた

『源氏物語』では作中に、桐壺帝、朱雀帝、冷泉帝、今上帝と、四人の天皇が登場する。

桐壺帝の第一皇子が朱雀帝（母は弘徽殿女御）、桐壺帝の第十皇子が冷泉帝（母は藤壺中宮）、朱雀帝の皇子が今上帝（母は承香殿女御（しょうきょうでんのにょうご））で、朱雀帝以下はいずれも譲位によって即位している。このうちの冷泉帝は、じつは光源氏と藤壺中宮との不倫によって生まれた子だったが、そのことが本人に秘されたまま即位に至るという、スキャンダラスな設定になっている。

現代の『源氏物語』の読者には、この作中の天皇名を目にして怪訝（けげん）に思う人もいるかもしれない。平安時代の実在した歴代天皇に、朱雀天皇と冷泉天皇がいるからだ。二人とも十世紀なかば頃に在位した天皇で、『源氏物語』が成立したとされる十一世紀はじめ頃には、朱雀天皇は物故していたが、冷泉天皇は上皇としてまだ存命中だった。

そうなると、「作中の二帝は実在したこの二天皇と何か関係があるのだろうか。ひょっとして実在の天皇をモデルにしているのだろうか」と思う読者もいるだろうし、なかには「実在した天皇の名を皇室の不倫を題材にした小説に持ち出すのは、失礼なことではないのか。そんなことをして問題にならなかったのだろうか」などと考える人もいるだろう。

だがそれは、『源氏物語』を現代語訳だけで読んでいると陥りがちな疑念にすぎない。

そう言える理由の説明に進む前に、平安時代の天皇の呼称について整理しておこう。

在位中の天皇はたんに「帝」とか「上」などと呼ばれ、現代でもそうだが、固有の名前をつけて呼ばれることはなかった。譲位すると、基本的には「院」と呼ばれた。

崩御すると個別の名前が贈られたが、これには諡号（しごう）と追号（ついごう）の二種があった。諡号は生前の功績をたたえて贈られる美称で、「桓武」「光孝」などが例だ。追号は賛美の意味をもたない名で、「醍醐」「白河（しらかわ）」などのようにゆかりの地にもとづくのが通例だ。ただし、諡号は光孝天皇（在位八八四〜八八七年）を最後に一旦途絶え、以後は追号形式が続く。

また十世紀なかばからは、崩御した天皇に対して、天皇号ではなく院号が贈られるようになった。「追号（諡号）＋天皇」ではなく「追号（諡号）＋院」と呼ばれるようになったのだ。この慣例は江戸時代後期まで続いている。現代人は「一条天皇」「後醍醐天皇」などとごく普通に呼んでいるが、かつては「一条院」「後醍醐院」というのが正式な呼び方だったのだ。歴代天皇の呼称を「～天皇」というスタイルに統一したのは、大正時代である。

整理すると、『源氏物語』が成立した十一世紀はじめ頃には、在位中は「帝」「上」、譲位後は「院」、崩御後は「～院」と呼ばれるのが通例だった。

朱雀院・冷泉院とは上皇・法皇の〝御所〟

次に、実在した二天皇について簡単に説明しておこう。

朱雀天皇は延長元年（九二三）、醍醐天皇皇子として生まれ、延長八年に父の譲位を受けて即位。天慶九年（九四六）に村上天皇に譲位し、天暦六年（九五二）に崩御した。平安宮（大内裏）の南に建っていた朱雀院を後院（天皇退位後の御所）としたことから、「朱雀院」という追号が贈られたとみられる。

冷泉天皇は天暦四年（九五〇）、村上天皇皇子として生まれ、康保四年（九六七)、父の崩御により即位。安和二年(九六九)に弟の円融天皇に譲位し、寛弘八年(一〇一一)に崩御。平安宮の東にあった冷泉院を後院としたため、「冷泉院」という追号が贈られた。

ここで留意したいのは、建物としての朱雀院や冷泉院は、それぞれ朱雀天皇、冷泉天皇専用の後院として建てられたものではなく、彼ら以外の天皇も後院(または離宮や里内裏)として利用していたということである。

では次に、『源氏物語』中の二天皇が原文(校訂文)ではどう表記されているか見てみよう。

朱雀帝は、在位中は「帝」や「上」などと呼ばれている。譲位後は基本的には「院」だが、途中から「朱雀院」と書かれることが多くなる。ただしよく見ると、当初は「朱雀院という名称の御殿を住まいとしている上皇(法皇)」というニュアンスが強く、それが次第にこの上皇(法皇)に対する通称のようになってゆく。つまり、「朱雀院」は諡号や追号などではなく、後院にもとづく通称ということになる。

冷泉帝もほぼ同様で、「冷泉院」という表記も「冷泉院という名称の御殿を住まいとした上皇」というニュアンスが濃い。ただし、譲位後ただちに「冷泉院」と呼称された点が朱雀院と違うが、これは、冷泉帝譲位後は院（上皇、法皇）が二人（朱雀院、冷泉院）存在することになったので、区別をつけるためだろう。

付け加えると、「朱雀帝」「冷泉帝」という呼称は、それぞれ朱雀院・冷泉院という譲位後の通称にもとづいて『源氏物語』の読者や研究者たちが便宜的につけたものにすぎず、原文にはない。

朱雀帝・冷泉帝と朱雀天皇・冷泉天皇とは無関係、だが……

まとめると、次のようになるだろうか。

『源氏物語』の原文には「朱雀帝」「冷泉帝」という表記はない。「朱雀院」「冷泉院」はあるが、それは「～院という名称の御殿を住まいとした上皇（法皇）」という意味の通称であって、天皇の諡号や追号ではない。つまり、実在した朱雀天皇・冷泉天皇とは直接的な関係はない。

だが、それでも冷泉帝・冷泉天皇に関しては気にかかることがある。

実在した冷泉天皇が「冷泉院」と追号されたのは寛弘八年の崩御後だが、生前の彼は譲位後、四十年あまりの歳月を冷泉院で過ごしている。

　そうすると、十一世紀はじめ頃には『源氏物語』はおおむね成立していたとする通説に従うならば、「冷泉院」という名を目にしたその頃の読者は、時代が過去に設定されているとはいえ、現実の冷泉院に長く住みつづけている上皇、すなわち冷泉天皇の姿をどうしても思い浮かべてしまうのではないだろうか。そうなると、当人は複雑な心境になるはずだ。作中の冷泉院は、出生の秘密を抱え、即位後にこの事実を知って苦悶（くもん）する人物として描かれているからだ。

　冷泉天皇の存命中にこんな大胆なストーリーを書くには相応の勇気が要ると思われるが、紫式部はそんな度量の持ち主だったのか。ひょっとすると、「冷泉院」という表記が出てくる巻々（第三十五巻「若菜下（わかな）」以降）は、冷泉天皇の崩御後に書かれたのではないか。ここは疑問が残るところだ。

　ちなみに、冷泉天皇は幼少時より奇行が多く、皇位継承が危惧（きぐ）されるほどであったが、在位時は関白藤原実頼（藤原北家小野宮流）が政務を執り、藤原氏の政権掌握が進んでいる。

21 なぜ皇室の不倫が大胆に描かれているのか？

藤壺と光源氏の「もののまぎれ」とは

皇子が、継母である皇后と密通して子が生まれる。そして、その事実が周囲に秘されたまま、その子は成長して天皇となる。一方、過ちを犯した皇子は何食わぬ顔で新天皇の後見として栄進し、最終的には上皇に准じる地位について、我が世の春を謳歌する――。

こんな破廉恥な話は、たとえ架空のものであっても、皇室の名誉を大いに傷つけかねないものだろう。かつて深沢七郎の小説『風流夢譚（むたん）』（一九六〇年）が、皇族を冒瀆（ぼうとく）するような描写があったことから凄惨な筆禍（ひっか）事件を巻き起こしたことに象徴されるように、このあたりは、近代文学の場合であっても、非常にデリケートな問題だ。

ところが、今記したような、皇室を舞台にした仰天の不倫ドラマ――桐壺帝の中宮藤壺と光源氏の密通――を物語の基本プロットに置いたのが、平安朝文学の最高峰、いや日本文学の頂点に位置する『源氏物語』なのである。

とはいえ、情交の場面が明瞭に書かれているわけではない。第五巻「若紫（わかむらさき）」の後半に不意に現れる次のような叙述から、二人が男女の深い関係に陥っていることが読者にそれとなくわかる、という仕掛けになっているのだ。

当時はまだ桐壺帝の女御だった藤壺は、あるとき、体調が優れないという理由で内裏を退出し、里第（りてい）に下がった。するとこれを心配した当時十八歳の光源氏が密かに里第を訪ね、逢瀬を得る。すでに葵の上という正妻がいたにもかかわらずである。そして一夜を共にするのだ。

このとき藤壺は、自分が過日に犯した過ちを思い出して深く悔いるのだが、この場面の本文を見ると、「宮もあさましかりしを思し出づるだに、世とともの御もの思ひなるを、さてだにやみなむと深う思したるに」と書かれている。「藤壺は思いもかけなかったいつぞやのことを思い出すだけでも、いつまでも思い悩みはじめてしまうので、せめてあれ一度きりにしようと決意していたのに……（また源氏と逢瀬を重ねてしまった）」というような意味である。

藤壺が思い悩む「あさましかりし」出来事とは、具体的には何なのか。文脈からすれば、過去に藤壺が内裏で源氏と密会していたことを示していると解するほかはない。ところが、前巻までも含めて、この場面より前に藤壺と源氏の密会を示す記述は見当たらない。これは不可解である。

そして里第での逢瀬からしばらく経過した頃の場面に、「藤壺のお腹が大きくなっていることが御付きの命婦（みょうぶ）たちにもわかってしまった」という描写が出てきて、藤壺が源氏の子を身籠っていることが明らかとなるのだ。ひょっとすると懐妊のきっかけとなる密事は藤壺がまだ内裏にいたときに行われていたのでは、とも疑われかねない微妙な書き方である。このように表現がぼかされた藤壺と源氏の情事は、「もののまぎれ」と呼ばれることがある。

記述の仕方はすこぶる曖昧なのだが、これはこれで品のあるレトリックのように見える面もある。しかし、伏線である〝最初の密会〟にあたる描写がないので、ストーリー展開としてはあまりにも唐突すぎて、不自然さは否めない。

こうした問題もあって、「じつは第一巻『桐壺』の次に『輝く日の宮』という巻がかつては存在し（『桐壺』巻によれば、藤壺はその美しさゆえに〝輝く日の宮〟と称えられた）、そこに源氏と藤壺の禁じられた恋が細かく書かれていたのではないか」というスリリングな見方もあるのだが、この問題については第三章で改めて触れることにしたい。

王権侵犯を暗示する光源氏の究極の恋

実質的には一夫多妻制で、かつ婿取婚（むことりこん）が基本であった平安時代では、男性は同時に複数の女性のもとに通うことができたし、それがとくに不道徳なこととして批難されることはなかった。結婚とか夫婦という概念が、現代に比べると、きわめて曖昧だったのだ。だから、当時の人びとが「不倫」という観念を意識することもあまりなかったはずである。

光源氏のドンファンぶりも、平安時代の人びとには、とりたてて不倫、不道徳として咎めだてするべきものには映らなかっただろう。また、近親間の結婚にもわりと寛大な時代で、異母兄妹や叔父・姪の結婚もありえたので、血のつながっていない継母と継子が関係することは、さほど問題視されなかったはずだ。

しかし、光源氏と藤壺の場合は、通常の男女関係とは次元の異なる意味をもっていた。

天皇が愛した女性に皇子が手をつける、ということは現実の世界でも全くなかったわけではない。先に触れたように、宇多天皇に愛されて皇子を生んだ伊勢が、宇多天皇皇子の敦慶親王とも恋愛関係になって子を生んだという例がある（92ページ参照）。だがこの場合は、伊勢は宇多天皇の后妃ではなく、女御温子に仕えた女房であり、身分の低い女性であった。それに彼女が敦慶親王と関係を結んだのは、宇多天皇の退位後であった。

また、『伊勢物語』には、清和天皇の女御となって陽成天皇を生み、二条后と称された藤原高子と在原業平との悲恋が記されていて、『源氏物語』に影響を与えたのではないかとも言われているが、その悲恋は高子の入内前のことと伝えられている。

これらに対して、光源氏は、在位中の天皇が寵愛する中宮（后）と通じたのだった。正確に言うと、藤壺はこの時点ではまだ女御で中宮ではなかったが、彼女は先帝の皇女であり（先帝と桐壺帝の関係は不明）、身分は高く、中宮の有力候補だった。一方の源氏は、皇子とはいえ臣籍降下していた。つまり源氏は、天皇が専有する後宮を侵犯したのであり、臣下が王権を侵犯したのだ。そういう意味では、源氏と藤壺の密通はたんなる皇室スキャンダルを超えていて、物語全体に暗い影を落としている。

桐壺帝は源氏と藤壺の不義を知ることなく、二人を信頼したまま病没する。源氏と藤壺の子は、表向きは桐壺帝の皇子として即位して冷泉帝となるものの、後に出生の秘密を知って衝撃を受け、大きく煩悶する。

忍ぶ恋こそが恋の極限であるという意味において、源氏と藤壺の不倫は恋愛小説の極北に位置している。しかし裏を返せば、そこには、裏切りや陰謀に苛まれることが絶えない、天皇という地位にある者の孤独、非力さが巧みに表現されているのではないだろうか。

22 なぜヒロインたちは出家してしまうのか？

藤壺・女三の宮・浮舟――最後は出家した女性たち

『源氏物語』のヒロインには、最終的に出家してしまうケースが目立つ。

筆頭は藤壺だ。

桐壺帝の中宮藤壺は光源氏との情事によって身籠り、周囲には真相を隠したまま男児を生む。その子供（後の冷泉帝）は桐壺帝の皇子として育てられるが、光源氏に生き写しだった。帝は源氏と皇子は異母兄弟だから当然だと思って何ら疑いを抱かないが、それがゆえに藤壺はより一層良心の呵責に悩まされる。桐壺帝が朱雀帝に譲位して皇子が東宮となると、藤壺は桐壺院と院御所で穏やかに暮らすが、桐壺院が崩御すると里第の三条宮に退出する。

すると源氏は再び藤壺への想いを募らせ、寝所に忍び込むほどであった。思い悩む藤壺は密かに出家を決意し、桐壺院の一周忌法要に引き続いて行われた、自らが主催する法華八講の結願の日に突然落飾して出家し、周囲の者を驚かせた。このとき藤壺は二十九歳だった（第十巻「賢木」）。

次は、女三の宮である。朱雀院は自身の出家をひかえて皇女女三の宮の後見を光源氏に託し、女三の宮は降嫁して六条院に入り、源氏の正妻となる。しかし、頭中将の長男柏木が女三の宮に想いを寄せ、賀茂祭の御禊の前夜、源氏が留守だったのに乗じて密会。女三の宮は懐妊してしまう。やがて柏木の恋文を見つけた源氏は事の真相を悟ってショックを受け、密事が露顕したことに気づいた柏木は深く懊悩し、病臥してしまう。

三者がそれぞれに煩悶するなか、女三の宮は男児（薫）を出産するが、まもなく出家を望み、父朱雀院から受戒し、出家をはたす。このときまだ二十二、三歳だった。柏木は女三の宮の出家を知ってますます衰弱し、ついには亡くなってしまう（第三十六巻「柏木」）。

そして、「宇治十帖」の浮舟だ。薫と匂宮（光源氏の孫）との三角関係に苦悶する浮舟（光源氏の異母弟八の宮の娘）は、宇治で入水をはかるが、一命をとりとめて横川の僧都らに救い出され、僧都の妹尼が住む比叡山西麓の小野の庵に移されて介抱を受ける。回復すると、小野に立ち寄った僧都に出家を願い、そのまま落飾受戒してしまう。二十二歳頃である（第五十三巻「手習」）。

その後、浮舟が小野に生存していることを知った薫は手紙を送って恋情を伝えるが、尼僧となった浮舟は人違いとして返事も出さなかった。

紫の上の出家を恐れた光源氏

光源氏に深く愛された紫の上もまた、源氏の愛への信頼が薄れると出家を望むようになるのだが、源氏はこれを許さなかった。そして結局、出家をはたせないまま、四十三歳で病没してしまう。源氏は彼女が息を引き取ったあと、出家の望みを拒んできたことを深く悔いる（第四十巻「御法（みのり）」）。するとついには源氏自身が出家を決意し、身辺を整理しはじめるのだ（第四十一巻「幻」）。

本来、出家とは、家庭を出て世俗社会との縁を絶ち、正式な僧尼としてサンガ（仏教修行者集団）の一員となり、仏道修行と布教に努めることで、在家（ざいけ）に対置される仏教用語である。しかし密教や浄土信仰が社会に浸透した平安時代には、こうした本格的な僧尼となるための公的な出家の他に、一般の男女が来世の成仏や往生（おうじょう）祈願のために行う、私的な形での出家もみられるようになっていた。

貴族の女性に注目すると、出家しても必ずしも寺院に居住するわけではなく、私的な仏堂や邸宅内の持仏堂を活動の拠点とすることが多かったようである。夫の死を契機に出家する場合もあったが、これには亡夫を追善し、かつ貞操を示す意もあった。逆に離婚の意思表示として出家する場合もあった。得てして女性の出家には、「今後は男との関係を絶つ」というニュアンスが強くこめられたのだ。

尼僧の髪形は完全に剃髪するのが正式だが、形式的な剃髪儀式をして、肩や腰までの長さに垂髪を切るだけで済ますことも多かった。いわゆる尼削ぎである。平安時代にはとにかく髪が長いことが美人であることの絶対条件だったので、尼削ぎでも充分、脱俗の標識となったのだろう。

『源氏物語』に戻ると、藤壺や女三の宮は私的な出家にあたるとみられ、髪も尼削ぎであったと思われる。浮舟の場合は、出家の場面が非常に丁寧に記されているので、完全に剃髪して正式な尼僧になった可能性が高い。

ただしいずれにしても、彼女たちの出家は、男たちへ向けた、「色恋沙汰とはいっさい縁を切る」という強烈な意思表示でもあったので、男性側は静々と引き下がるほかなかった。男を遠ざけるバリアのようなものを、出家というシステムは放ったのだ。源氏が藤壺の出家に狼狽し、紫の上の出家を恐れたのは、そのためだ。

ただし、浮舟の出家は本格的なもので、たんに男性との交わりを絶つということ以上の、もっと深い意味合いを感じさせ、物語の終盤に深い余韻を与えている。

ところで、紫式部は『紫式部日記』の中で、自身の出家をほのめかすようなことも記している。実際に出家した形跡は窺えないが、物語のヒロインたちの出家は、式部の心の声の反映なのだろうか。

紫式部は、浮舟の出家を描く「宇治十帖」を書く前にきっと出家していたにちがいない――というのは、尼僧兼作家として『源氏物語』の現代語訳を完遂した、瀬戸内寂聴（じゃくちょう）の見立てである。

23 なぜ光源氏は巫女たちと恋を重ねたのか？

◎「斎宮（さいくう）」の母親に恋した光源氏

「仏教にすがって最終的には出家を望む」というのが『源氏物語』のヒロインたちの生き方の一つのパターンとなっていることを、前項で指摘した。

ところが面白いことに、準ヒロイン級になると、仏ではなく神に仕える職掌に関わる女性が目につく。

六条御息所は、とある大臣の娘で、桐壺帝の最初の東宮（桐壺帝の弟）の妃であったが、その東宮と死別し、若くして未亡人となってしまった。そんな彼女を愛して、六条京極にあった彼女の邸宅へ熱心に通っていたのが、若き日の光源氏だった。

だが、この頃すでに源氏には葵の上という正妻がいた。そのため、六条御息所は次第に源氏の情愛を疑うようになる。そして、故東宮との間にもうけていた姫宮が朱雀帝即位にあわせて「斎宮」に選ばれると、これを契機に自身も娘と一緒に伊勢に下向し、源氏との関係を清算することを考えるようになる（第九巻「葵」）。

やがてそれを実行に移すのだが、その前に、御息所の生霊が葵の上に取り憑き、彼女を死に至らしめるという衝撃的な事件が起きている。

◐伊勢神宮に奉仕した最高位の巫女、斎宮

斎宮とは、皇祖神天照大神を祀る伊勢神宮に奉仕した最高位の巫女である。本来は斎王と言い、斎宮とはその斎王が住む御所のことだったのだが、後に斎王その人をもさすようになった。

豊鍬入姫命（崇神天皇皇女）、倭姫命（垂仁天皇皇女）ら伝説的な皇女が祖に位置づけられる斎宮には、未婚の皇女（内親王）が任じられるのが原則だが、天皇の孫にあたる女王が任じられることもあった。天皇の代替わりにあわせて占いによっ

て選定されるのが慣例で、天皇の名代として伊勢の神に仕えることから、伊勢に向かう前に長期の潔斎生活を送ることが課せられた。

平安時代の例をみると、選定された斎宮はまず大内裏内に設けられた初斎院で約一年間、続いて郊外に設けられた野宮で約一年間、それぞれ身を清めて過ごす。その後、参内して天皇に別れのあいさつをし、大勢の供を従えて伊勢へ向かう。これを「斎宮の群行」と言った。

伊勢の御所（狭義の斎宮）でも斎戒を保って神事を務め、原則として次の代替わりまでこれを続けた。この斎宮制度は南北朝時代の争乱で途絶するまで続いている。

故東宮を父とする六条御息所の娘はおそらく女王の身分にあり、そのため斎宮に卜定されたのだろう。御息所自身は斎宮ではなく、あくまで斎宮に選ばれた娘の付き添いとして伊勢に向かうのだが、事前に娘とともに野宮に入って潔斎生活を送っている。その姿には、斎宮に準じたイメージが投影されている。

母娘がともに伊勢に下向するというくだりは、十世紀後半の村上天皇の時代に、徽子女王が、斎宮となった娘の規子内親王とともに伊勢に下向した史実を下敷きにしているといわれている。徽子女王は、かつての斎宮であった。

付け加えるならば、御息所が生霊となって葵の上を苦しめたことは、彼女が神憑りの巫女としての気質をもっていたことを示しているのかもしれない。

そして源氏は、伊勢下向の直前に野宮を訪ねて疎遠となっていた御息所と歌を交わし、一夜を共に過ごしている（第十巻「賢木」）。『源氏物語』の中でもとくにロマンチックなシーンとして知られるところだ。

朱雀帝の譲位後、母娘は帰京し、娘（前斎宮）は源氏を後見として冷泉帝に入内して、中宮（秋好中宮）となっている。源氏は、この秋好中宮にも懸想している（じつは帰京後に病臥した六条御息所は出家しているのだが、その出家はおそらく死を目前にして後生を願うためのものであって、藤壺たちの出家とは性格を異にする）。

賀茂神社の巫女・斎院にも執心した光源氏

『源氏物語』には、斎宮と似た性格をもつ、「斎院」という巫女も源氏の恋の相手として登場する。

斎院は平安遷都以前から京都に鎮座する賀茂神社（上賀茂神社と下鴨神社）に奉

仕した巫女のことで、こちらも斎宮と同じく、天皇の代替わり時を原則として、未婚の皇女・女王から卜定された。九世紀の嵯峨天皇の皇女有智子（うちこ）内親王が初代とされるが、十三世紀初頭に廃絶している。

斎院が置かれた理由をめぐっては諸説があるが、伊勢の斎宮を意識したものであることは間違いない。斎院も厳しい潔斎を要したが、賀茂神社に参入するのは賀茂祭などの国家的な祭祀（さいし）のときのみで、ふだんは平安京北郊の紫野（むらさきの）に設けられた御所（狭義の斎院）を居所とした。

『源氏物語』で桐壺帝崩御を機にこの斎院に立ったのが、桐壺帝の弟桃園（ももぞの）の宮（みや）の娘朝顔（あさがお）の姫君である。彼女は女王で、源氏の従姉妹にあたる。源氏から度々求愛されていたのだが、拒んできた。斎院になってからも源氏は彼女に執心し、斎院を退くと再び口説こうとする。しかしそれでも朝顔の姫君は心を動かさなかった。物語の中ではあまり目立つ人物ではないが、性格がよく思慮深い女性として造形されている。

天皇の血を引くこと、未婚であることを要件とし、かつ厳しい潔斎を課された斎宮や斎院は神に仕える至高の聖女であり、彼女たちとの恋愛はタブーであった。それだけに、フィクションの世界では、彼女たちとの禁じられた恋が格好のモチーフとなりえた。浄域である野宮での源氏と斎宮の母御息所との逢瀬にはそんな禁じられた恋が疑似的に表現されていて、だからこそ読む者の心をつかんできたのだろう。

24 じつは辛辣な反体制文学なのか？

『源氏物語』に描かれた王朝と現実の乖離

『源氏物語』の基本的な世界を、政治的な視点からまとめるならば、このようになるだろう。

●摂政・関白が置かれずに、天皇親政が平安京内裏を御所として行われている。

●准皇族である源氏のリーダー、光源氏が藤原摂関家を抑えて政界に君臨している。

●中宮（皇后）には皇族の女性（藤壺中宮、秋好中宮）や源氏の女性（明石の中宮）が冊立され、藤原氏の女性は立てられない。

一方、『源氏物語』が成立した時期とされる十一世紀はじめ頃の現実の平安朝政界は、どのような状況にあっただろうか。

当時は一条天皇の御代で、天皇の年齢は二十代にさしかかっていた。

この時期、親政を望んだ一条天皇の意向で摂政・関白、太政大臣は空位が続いていたが、実質的には摂関政治が横行していた。藤原摂関家のトップで左大臣の道長が関白に準じる内覧の地位にもつき、政権を掌握していたからだ。これに加えて天皇の母藤原詮子（円融天皇女御）が国母として隠然たる力をもったが、彼女は道長の姉であった。天皇は道長や詮子の威勢におされて、思うように動くことができなかった。

政権運営に携わることができる公卿も藤原氏が大半を占め、源氏は傍流に甘んじていた。

一条天皇の中宮彰子は道長の娘であり、他にも義子、元子、尊子と三名の女御がいたが、みな藤原摂関家につながる生まれだった。中宮とは別に冊立された皇后の定子もそうで、道長のライバル藤原道隆の娘だったが、彼女は長保二年（一〇〇〇）に皇女を生んでまもなく、不幸にも二十五歳の若さで亡くなっている。

平安宮内裏は度々罹災して荒廃したため、天皇は宮外の一条院を里内裏として常住するようになっていたが、そこは藤原氏の私邸を改築したものであった。
そして一条天皇は、常に天皇の座を道長によっておびやかされていた。道長は娘の彰子所生の皇子敦成親王をやがて皇位につけ、自身は天皇の外祖父となって地位を安泰なものにすることを虎視眈々とねらっていたからである。

甘くコーティングされた反体制的メッセージ

このように見てゆくと、『源氏物語』に描かれた宮廷と、十一世紀はじめの現実世界のそれ——紫式部が出仕していた頃の宮廷——とが、見事なまでに対照的であることに気づかされる。こうなると、天皇と皇族を中心とした、あるべき宮廷社会を仮想現実として描くというのが『源氏物語』の本当のねらいだったのではないか、とも思えてくる。

しかも、光源氏という、皇子でありながら母親の出自が低かったために臣籍に降り、天皇になることができなかった人物が、紆余曲折を経ながらも栄耀栄華に至り、ある意味では王権を凌駕する成功を手に入れる。それは、現実の世界では天皇として生きることが必ずしも幸福ではなかったことへの、強烈なアイロニーともなっている。

ちなみに、道長と対峙しつづけた一条天皇は寛弘八年（一〇一一）六月十三日、病により譲位し、同月二十二日、三十二歳の若さで崩じている。代わって即位したのは、冷泉天皇皇子の三条天皇で、合わせて立太子されたのが、このときまだわずか四歳であった彰子所生の一条天皇皇子、つまり道長の外孫である敦成親王だ。

話は飛ぶが、以前、ジョン・レノンがあるインタビューの中で、名曲「イマジン」について、こんなことを語っているのをテレビで目にした覚えがある。

「あの曲はじつは強烈なプロテスト・ソングなんだけど、あえてたっぷり砂糖をかけて甘くコーティングして、そのことをカモフラージュしたんだ」

『源氏物語』の作中時代とそれが執筆された時代とを対比するならば、『源氏物語』とは、「強烈な反体制的なメッセージを、雅（みやび）やかな王朝絵巻という甘い砂糖でコーティングしてカモフラージュした物語」ととらえることもできるのではないだろうか。

第三章

『源氏物語』はどうやって書かれたのか

成立をめぐる謎

「紫式部」(鳥居清長筆、江戸時代、東京国立博物館蔵、出典:ColBase)。石山寺で『源氏物語』を起筆する紫式部の姿か。

25 なぜ紫式部は『源氏物語』を書きはじめたのか？

石山寺起筆伝承の真偽とは

『源氏物語』はいつ、何をきっかけとして書かれ出したのだろうか。

南北朝時代成立の『源氏物語』注釈書、『河海抄』の巻第一冒頭には、「此物語のおこり」として、次のような有名な伝説が記されている。なお、文中に登場する大斎院選子内親王とは村上天皇の第十皇女で、天延三年（九七五）から長元四年（一〇三一）まで天皇五代、五十七年にわたって賀茂神社に斎院として奉仕して、「大斎院」と称された女性である。

「源高明が安和二年（九六九）に大宰権帥（九州大宰府の副長官）に左遷されたとき、紫式部は幼い頃から高明と親しかったので、これを嘆いた。

その頃、大斎院選子内親王から式部が仕える藤原彰子（一条天皇中宮）のもとに、『何か珍しい物語はないでしょうか』とお尋ねがあった。すると彰子は、『宇津保物語』『竹取物語』のような古い物語は目馴れているので、新しい物語を作ってさしあげなさいと式部に命じた。そこで式部は石山寺に参籠し、物語が書けるようにと祈った。

折しも八月の十五夜の月が琵琶湖に映っていたので、心が澄みわたって物語の情景が浮かんできた。忘れないうちにと、式部は仏前にあった『大般若経』の料紙を拝借し、まず『須磨』『明石』の両巻を書きはじめた。『須磨』巻に『今宵は十五夜なりけりと思し出でて』と書かれてあるのは、このためだそうだ」

醍醐天皇の皇子で、一世源氏であった源高明が安和二年に九州に左遷されたというのは、第二章でも触れた「安和の変」の折に実際にあったことで、この政変の真相は源氏排斥を目論む藤原氏の陰謀であったと言われている。

この『源氏物語』誕生譚は、琵琶湖にほど近い、清流瀬田川のほとりに建つ石山寺にも古くから伝わっていたらしく、本堂には紫式部が参籠して『源氏物語』を起筆したという「源氏の間」と呼ばれる部屋があって、観光名所となっている。

しかし、この誕生譚はあくまでも伝説であって、史実としてはありえない。紫式部は生年不詳ながら、安和の変が起きた頃はまだ生まれていないか、生まれていたとしてもごく幼少だったはずであり、しかも、家柄が高く、近い親戚でもない源高明と交流があったとは考えにくいからである。そもそも、彼女が後に女房として仕えることになる一条天皇中宮の彰子は、この時期にはまだ生まれてすらいない。

ただし、「大斎院から中宮彰子に物語のリクエストがあり、それに応じる形で式部が『源氏物語』を書きはじめた」というくだりについては、あながち作り話として片づけることはできない。平安時代末期頃成立の説話集『古本説話集』にこれと同じような話がすでにみえているからである（「伊勢大輔が歌の事　第九」）。

大斎院選子内親王は歌人としても知られ、式部が生きていた時代には彼女を中心に一種の文芸サロンが形成されており、そのことは『紫式部日記』にも言及されている。したがって、選子内親王と彰子の間で「面白い物語を読みたい」というやり取りがあったというのはありえない話ではない。正確な事実であったかどうかはさておき、高貴な女性たちの求めに応じて『源氏物語』が起筆されたという話は、古くから信じられ、語られていたことなのだろう。

『河海抄』所収の物語誕生譚自体は、『古本説話集』に書かれていたような大斎院・彰子・式部をめぐる伝説を核として、高明が光源氏になぞらえられることや、『源氏物語』に源氏の石山詣での場面があること（第十六巻「関屋」）、石山寺の観音信仰などが結びついて後年に形成されたものとみるべきだろう。

宮仕え前にすでに書き出されていたか

史実として、紫式部はいつ、何を動機として物語を書きはじめたのだろうか。第一章でも触れたようにこのことを信頼できる史料から明確にすることは困難で、諸説が乱立している状況である。ここでは一例として、昭和戦後の代表的な『源氏物語』研究者であった今井源衛の所説を紹介しておこう（『紫式部』）。

今井によれば、彼女が『源氏物語』を起筆したのは長保三年（一〇〇一）に夫の藤原宣孝が死去して以降のことで、心理的動機は「将来に希望のない未亡人の日々のつれづれを紛らす」ためであった。孤独を紛らわすためだった、と言い換えてもいいだろう。式部の生年を天禄元年（九七〇）とする今井の推定にもとづけば、このとき式部は三十二歳である。

物語は書き進めてゆくうちに、式部の友人たちの間で読まれて評判にのぼるようになり、やがて藤原道長の耳にも入る。すると式部は宮廷に召し出され、一条天皇のもとに入内して中宮となっていた道長の娘の彰子に仕えることになった。寛弘二年（一〇〇五）末頃のことだ。当時の道長は、彰子の教育係として、教養ある婦人を探していたところだった。

今井によれば、式部は宮仕え後も、宮廷の人びとをも読者としながら物語を書きつづけていったという。

これはそれなりに説得力のある見方であり、オーソドックスな見方であるとも言えよう。宮仕え後の式部は、「この物語の続きをもっと読みたい」という中宮の求めに応じるようにして、書き継いでいったのかもしれない。

26『源氏物語』はいつ成立したのか？

『紫式部日記』にみえる『源氏物語』をめぐる記述

「『源氏物語』は、紫式部が中宮彰子の女房として宮廷に出仕していた時期にはすでにある程度書かれていて、宮廷貴族たちに読まれていた」

これはごく一般的な見方と言っていいと思うが、この見方の主たる根拠となってきたのが『紫式部日記』である。

『紫式部日記』は女房時代の紫式部の記録で、寛弘五年（一〇〇八）秋の記事から始まり、寛弘七年（一〇一〇）正月十五日の記事で終わっている。この中で『源氏物語』関係の記述として注目されるものとしては、次の四つを挙げることができる。

①寛弘五年十一月一日の記録：この日、彰子が生んだ若宮（後の後一条天皇）の生後五十日目の祝宴が、彰子の里第である土御門殿（彰子の父藤原道長の私邸）で開かれた。このとき歌人としても知られていた中納言藤原公任が式部に近づいてきて、「失礼ながら、このあたりに若紫はおいでかな」（あなかしこ。このわたりに、わかむらさきやさぶらふ）とふざけて声を掛けてきた。これに対して式部は、「光源氏のような人がいないのだから、若紫などいるわけはないのに……」と心のうちで思ったという。「若紫」は『源氏物語』の第五巻「若紫」に初登場するヒロイン紫の上のことであり、このとき公任は、作者である式部を紫の上に見立ててからかってきたのだろう、と考えるのが通説となっている。ちなみに、女房時代の式部は「藤式部」と呼ばれていたと考えられている。

②同年十一月十日頃の記録：彰子がまもなく土御門殿から内裏（一条院）へ還御するのに合わせ、彰子の発案により、式部が中心となって、「物語の冊子」の書

写・製本が行われた。原文には「物語」としか書かれていないが、これは『源氏物語』のことであり、彰子は一条天皇へのお土産として『源氏物語』の冊子を制作したのだろうと考えられている。道長も用紙や筆、墨などを提供してこれに協力したが、このとき道長が、式部が部屋に隠してあった「物語」の原稿をこっそり盗んで次女の妍子（けんし）（後の三条天皇中宮）に渡してしまった、というエピソードも綴られている。

③年月日不明の随想風記事：かつて一条天皇が「源氏の物語」を人に朗読させたとき、「これを書いた人は『日本書紀』を読んでいるにちがいない。じつに学識がある」と感嘆したというエピソードが披露されている。ここでは原文にはっきり「源氏の物語（源しの物かたり）」と書かれている。

④寛弘五年（または六年〈一〇〇九〉）の月日不詳の記録：「源氏の物語」が彰子の前に置かれてあるのに目を留めた道長が冗談を言いはじめ、式部と色めいた歌の贈答をした。ここも原文に「源氏の物語」とある。

天皇は本当に『源氏物語』を読んだのか

①〜④の記述からすれば、寛弘五年までには『源氏物語』がすでに書かれ、天皇にまで読まれていたことは明らかであるように思える。そして、この物語が紫式部によって書かれたものであることも、歴然であるかのように思えるだろう。

ただし、この時点で全巻が書き終えられていたのか、それとも第二部あたりまでだったのか、そのテキストは現在伝わっているものと同じものであったのかといったことは、これだけの情報では判断のしようがない。まずは、「寛弘五年時点で、ある程度は書かれていて、式部はその後、自身の宮廷生活も材料にしてさらに書きつづけていったのだろう」と考えるのが穏当なところだろう。

だが、それでも気にかかることがある。

まず、③の一条天皇が「源氏の物語」を人に読ませて聞き入り、感嘆したという点だ。その物語本はおそらく、天皇が評判を聞きつけて取り寄せたか、中宮彰子が献上したものだったのだろう（②の「物語の冊子」と同じものとは断言できない）。

しかし『源氏物語』は、再三記したように、「皇子と、父である天皇の中宮との密通」をストーリーの根幹にすえた、「不敬」とのそしりも受けかねない物語である。天皇がそんな物語を読んで、はたして素直に感嘆するだろうか。そんな物語を天皇に贈るというのは、考えてみればひどく不遜な行為ではないだろうか。そう考えてゆくと、②で彰子が得意になって制作させた「物語」とは本当に『源氏物語』だったのだろうか、という疑念も浮かぶ。

そうなってくると、『紫式部日記』に言及されている「源氏の物語」は、現代の我々が読んでいる『源氏物語』とは内容の異なるものだったのではないか、いや、そもそも本当に天皇は『源氏物語』作者への賛辞を口にしたのだろうか――とすら思えてきてしまうのだ。

『紫式部日記』は〝日記〟ではない

これに関連して気になってくるのは、『紫式部日記』の史料としての信憑性である。「日記」とあるので、つい式部が日々こまめに付けていた記録なのかと思いがちだが、この本はそういう性格のものではない。日付はかなり飛び飛びで、回想録風のスタイルであり、内容は彰子の出産や内裏の諸行事、女房の日常などの記述がメインである。

しかも後半には、人物批評や種々の感懐を綴る随想風の文章が長々と挿入されている。この部分は文体もトーンが変わって人に語りかける手紙（消息）のような形になっていることから、「消息文」と呼ばれている。なぜ、日記部分にまぎれこむようにして置かれているのかについてはいろいろと議論はあるが、推測・推定の域を出る説はない。

『紫式部日記』は、宮廷生活の内情や和泉式部、清少納言などの女流文学者への評価、深い自己洞察など、書かれている内容は非常に興味深いものばかりなのだが、構成はアンバランスであり、本文にも欠脱があるという指摘もある。また、日記部分には年や月日がはっきりしない記事もある。少なくとも現存本は不完全で、書物としては中途半端である。ちなみに、著者直筆の原本はもちろん現存せず、写本に江戸時代をさかのぼるものはない。

執筆目的も不明で、道長の依頼を受けて彰子の皇子出産の記録として書かれたとする説が有力なようだが、消息文部分についてはこの見方はあてはまらないだろう。

結局、『紫式部日記』は回顧録であり日記文学なのであって、事実をありのままに記した史料とはみなし難い。とくに、その筆者は文才があるだけに、事実に少なからず誇張や脚色が施されている可能性も充分にあろう。私小説のようなテイストも感じられる。

このようにみてゆくと、『紫式部日記』の記述を全面的に信頼して『源氏物語』の成立を語ることには、慎重にならざるを得ないのだ。

したがって、紫式部が『源氏物語』を擱筆(かくひつ)した時期、つまり『源氏物語』の完成時期を確定することが非常に難しいこともわかるだろう。完成期を考えるうえでの数少ない手掛かりには、『紫式部日記』の他に、鎌倉時代の弘安(こうあん)三年(一二八〇)に書かれた『弘安源氏論議』にみえる「『源氏物語』は寛弘(一〇〇四〜一〇一二年)のはじめにできた」という記述があるのだが(同じことは『河海抄』の序にも書かれている)、とくに根拠は示されておらず、信憑性に乏しい。

ただし、遅くとも治安(じあん)元年(一〇二一)には完成していただろうという見方が優勢にはなっている。第一章でも記したように、菅原孝標女(すがわらのたかすえのむすめ)の『更級(さらしな)日記』に、彼女が十四歳だった治安元年におばから「五十余巻」から成る『源氏物語』をプレゼントされ、耽読(たんどく)したという記載があるからだ(48ページ参照)。

しかし、もし治安元年に式部がまだ存命中だったとしたら、彼女がその後も『源氏物語』に加筆・補筆を行うことがなかったとは言い切れない。

そんなわけで、『源氏物語』がいつから書かれはじめ、いつ書き終えられたのかということは不明と言わざるを得ない。しかしひとまず本書では、『源氏物語』の成立時期（ほとんどの部分が完成した時期）を「十一世紀のはじめ」ということにしておきたい。

27 藤原道長はスポンサーだったのか？

宮廷にスカウトしたのは道長か

『紫式部日記』によれば、藤原道長と『源氏物語』は浅からぬ関係にあったことになっている。

前項で触れた、従来、『紫式部日記』にあって『源氏物語』関係と考えられてきた四つの記載のうち、②と④をもとに推測するならば、道長は『源氏物語』を評価していて、紫式部が中宮彰子の女房を務めるかたわらで『源氏物語』を執筆することを許容し、さらには彼女の執筆活動を支援していたようにすら見える。そのため、「道長は『源氏物語』制作のスポンサーだったのだ」という見方すらある。

そもそも式部が道長の娘彰子の女房にスカウトされたのは、かつて皇后定子(ていし)の女房に文才に長(た)けた清少納言がいたことを意識した、道長の意向だった、という見方がある。つまり道長は早くから、式部の文才と、すでにある程度書かれていたと推測される『源氏物語』に、注目していたというのである。

だが、第二章でも記したように、『源氏物語』は、「源氏のトップが藤原摂関家(せっかんけ)の権勢をしのいで栄華を築き上げてゆく」というストーリーを骨格としており、藤原摂関家を痛烈に批判しているととられてもおかしくない内容をもっている。

そんな物語の制作を、現実の藤原摂関家トップである道長が支援することなど、ありえるだろうか。ここは、「道長は文学に理解があって、風刺などは気にも留めない、懐の深い人物だったのだ」と片づけられてしまいがちな点だが、はたして道長は本当にそういう人物だったのか。

政争をしぶとく生き抜いた強運の人

ここで、道長の政治家としてのプロフィールを簡単にたどっておこう。

道長は、村上天皇の治世だった康保三年（九六六）に藤原兼家の五男として生まれる。兼家については、次兄兼通との権力争いや花山天皇の出家退位をはかった話が知られているが、寛和二年（九八六）に外孫一条天皇が即位すると、摂政・太政大臣・関白を歴任してゆき、これに合わせて彼の子供たちも地位を上げてゆく。

永祚二年（九九〇）、兼家は病気のため関白を長男道隆（道長の長兄）に譲る。道隆は娘の定子を一条天皇に入内させ、彼女はやがて中宮に立てられ、道隆一家は隆盛を迎える。しかし長徳元年（九九五）には、道隆もまた病により関白を辞してしまう。道隆の子伊周が一時その代行（内覧）を務めた後、兼家の三男道兼が関白に就くも、十一日後に病没。そこで内覧に任じられて関白を代行することになったのが道長であった。時に三十歳である。

道長と、道隆の子伊周・隆家との間には軋轢が生じるが、伊周・隆家兄弟は花山法皇傷害未遂事件、東三条院（一条天皇母、藤原詮子）呪詛事件などのスキャンダルにより失脚。これで道長の政権掌握が決定的となる。そして定子が後見を失って不遇の身となってゆくなか、長保元年（九九九）には当時十二歳の道長の娘彰子が入内し、翌年、中宮となる。一方の定子は中宮から皇后へと称が変わるが、まもなく二十五歳で没してしまう。

かくして、道長にとって向かうところ敵なしの時代がはじまり、彰子は皇子を生み、もう一人の娘妍子が東宮妃となり……といった具合で全盛を迎えてゆく。紫式部が彰子のもとに出仕したのは、そういう時期である。

道長は『源氏物語』によって〝源氏〟を手なずけようとしたのか

このように見ると、道長の成功は、本人の実力もさることながら、兄たちの病没、甥たちのオウンゴールなどが重なった、幸運の賜物でもあったことがわかる。しかも意外にも、他氏排斥のための陰謀事件を道長は起こしてはいない。兼家と彼の叔父の師尹が安和の変（九六九年）を起こして左大臣源高明（醍醐源氏）を失脚させ、源氏を排斥したのとは対照的だ。それは、道長の時代までに藤原氏以外の有力氏族が廟堂からあらかた排除され、局面が藤原氏内の抗争に転じていたせいもあるのかもしれない。しかし、それでも源氏だけはしぶとく生き残り、政権運営を担う公卿の列には常に数名の源氏が入り込んでいた。

そんな源氏に対して、道長は一律に敵視するのではなく、むしろ身内に引き込む

藤原道長と妻子たち

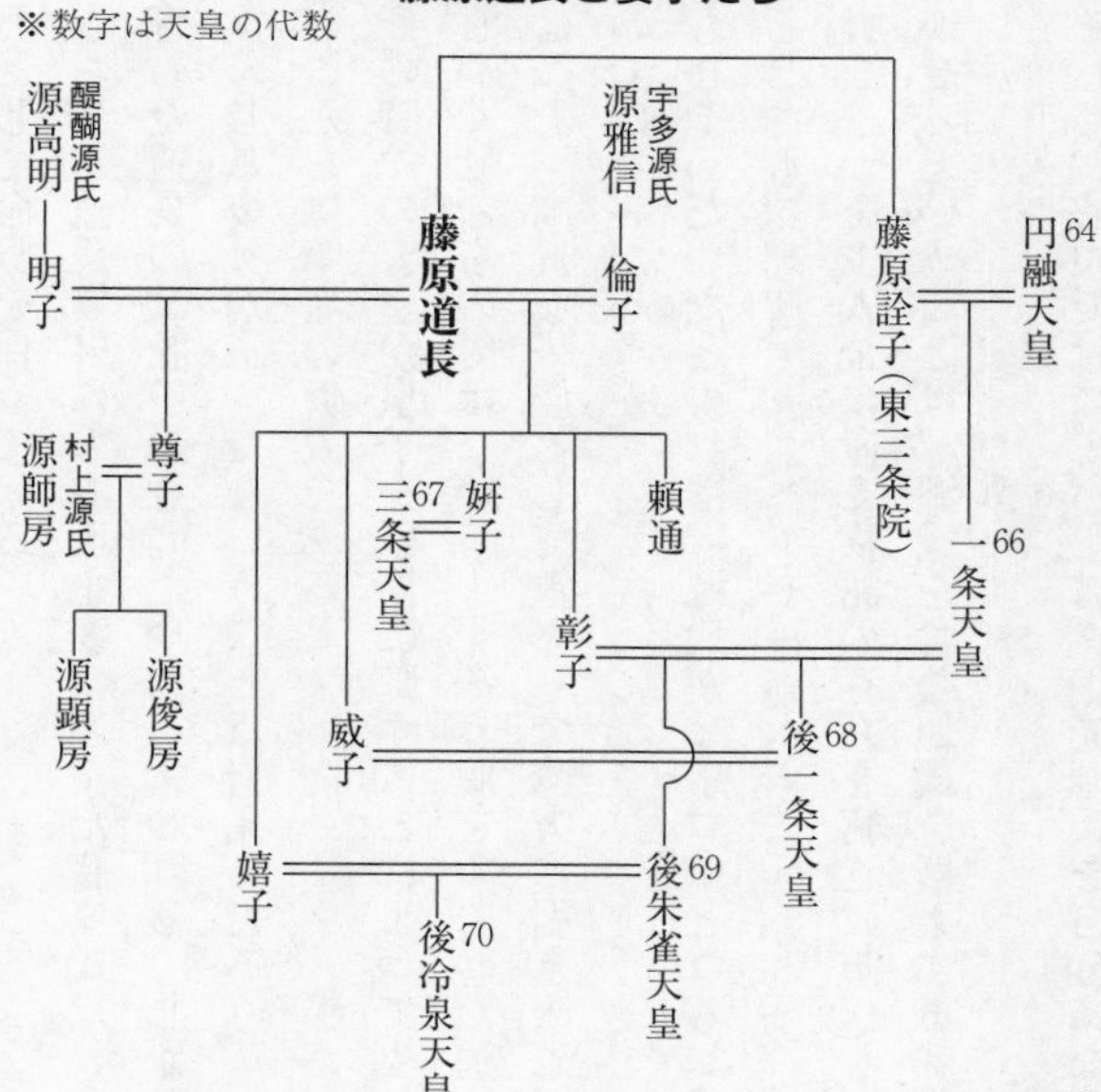

方策をとったとおぼしい。というのも、道長の正妻倫子（りんし）は、左大臣源雅信（まさのぶ）（宇多源氏）の娘であり、第二夫人の明子（めいし）は、なんと源高明の娘であったからだ。また、道長の娘尊子（そんし）は源師房（もろふさ）（村上源氏）に嫁ぎ、師房は道長の嫡子頼通（よりみち）の養子ともなって右大臣にまで進んでいる。そして結果的に、村上源氏は藤原摂関家と密着して勢力をのばし、明治維新まで公家（くげ）源氏の

名門として命脈を保っている。

もちろん道長以外にも源氏を妻に迎えた藤原氏はいるし、明子との結婚は彼女を養育した道長の姉詮子の意向だったと言われる。しかし、道長には源氏という家柄を重んじる姿勢があったということは言えるだろう。

ここからは筆者の仮説である。

「その時々の天皇が皇子を臣籍に降すことによって生じる源氏は、どうやっても排斥しつくせるものではない」――そう腹をくくった道長は、源氏を、敵にまわすのではなく、高貴な一族として重んじて味方に引き入れ、懐柔するという戦略をとったのではないだろうか。

もしそうだったとすれば、源氏がヒーローとなる『源氏物語』に道長が寛容だったとしても、理解できることではないだろうか。彼にしてみれば、「光り輝く源氏の貴公子」を主人公に置く物語の存在を宮廷に喧伝（けんでん）し、さらにはその続きを作者に書かせるということは、源氏を含む他氏を懐柔する戦略の一環だったのかもしれない。

そして、心中ではスーパースター光源氏を自分になぞらえて、ひそかにほくそ笑んでいたのではあるまいか。

28『源氏物語』は文学史上で孤立した作品なのか？

先行していた『竹取物語』『伊勢物語』『宇津保物語』

『源氏物語』のような仮名文字によって書かれた創作文学は、文学史上では「物語文学」と呼ばれる。

古来日本では、文学といえば和歌や漢詩であった。一方、史書や説話は漢文で書かれるものであった。また、「文章は経国の大業」、つまり「文章は国を治めるうえで大切な仕事である」と言われたが、この場合の「文章」とはあくまで漢文のことである。ところが平安時代に入って国風文化が生じ、仮名文字が普及して散文が書かれるようになると、詩歌や漢文書物を融合させるような形で、仮名文字による物語文学が発生したのである。

平安時代中期の『源氏物語』の成立以前には、すでに多くの物語文学が書かれ、読まれていた。そして、それらの物語文学が、『源氏物語』にも大きな影響を与えたと考えられている。

物語文学の筆頭は、『竹取物語』だ。成立時期・作者は不詳だが、九世紀後半から十世紀前半までに男性知識人によって書かれたと考えられている。かぐや姫の発見と生い立ち、五人の貴公子と帝の求婚、かぐや姫の昇天の三部からなる。伝奇的な場面と写実的な場面が巧みに組み合わされて、洗練されたフィクションとなっている。

紫式部は『竹取物語』を愛読していたとみられ、『源氏物語』第十七巻「絵合（えあわせ）」の、宮中にて物語絵の優劣を争う場面で、「物語の出で来（いでき）はじめの親」と紹介されていることは有名だ。また、九州から上京し、彗星のごとく宮廷社会にデビューして貴族たちから次々に求婚される玉鬘（たまかずら）の人物像に、かぐや姫の影響をみる説もある。

『伊勢物語』も『源氏物語』に大きな影響を与えていると言われる物語文学だ。こちらも成立時期・作者は不明だが、平安時代前期の成立と推測されている。実在した歌人在原業平（ありわらのなりひら）の一代記という形をとった、男女の恋愛をテーマとした掌編物語集だが、掌編それぞれは和歌を中心に書かれていることから、『竹取物語』のようなスタンダードな物語文学を「作り物語」と呼ぶのに対して、「歌物語」と呼ばれる。物語中に歌が挿入されているというよりは、まず先に歌があり、そこからイメージをふくらませて物語が紡ぎ出されている、という雰囲気だ。

「絵合」巻には『伊勢物語』も言及されている。光源氏と藤壺の許されざる恋は、『伊勢物語』の業平と二条后（藤原高子）との恋に材をとっているとも言われているし、業平が光源氏のモデルの一人に挙げられていることも本書ではすでに触れた。ちなみに、業平の兄行平には須磨に流されたという伝説があり、源氏の須磨流謫はこれに拠っているとも言われている。

もう一つ挙げておきたいのは『宇津保物語』である。

こちらは作り物語の系統で、成立は十世紀末頃とされ、作者は源順とする伝承があるも不詳。清原俊蔭、その娘、藤原仲忠、犬宮の四代にわたる琴の名人一家の繁栄と、源正頼の娘貴宮が多くの青年貴族の求婚をしりぞけて東宮妃となり、やがて皇位継承争いが生じる過程を描いた長編物語で、全二十巻からなる。

長編物語という点では『源氏物語』の先駆であり、源氏の六条院のモデルともみられる四季を配した邸宅が登場したり、後宮が描かれているなど、『源氏物語』との影響関係を随所に指摘することができる。各巻には「俊蔭」「藤原の君」などのタイトルがつけられているが、『源氏物語』の巻名はこの『宇津保物語』のスタイルにならったものとする見方もある。この物語もまた「絵合」巻で取り上げられている。

“突然変異”のように出現した『源氏物語』

これら現存するもの以外に、散逸した物語文学も数多くあると言われていて、『源氏物語』が成立する平安時代中期までには、優に三十を超える数の物語が書かれ、読まれていただろうと諸資料から推測されている。

そしてこれらの諸物語を貪欲に摂取したうえで成立したのが『源氏物語』なのだが、『源氏物語』は分量にしても内容にしても、これらに比して明らかに異質である。たとえば、『宇津保物語』は確かにストーリーはあるのだが、人物の心理描写などはなく、物足りない。『竹取物語』は伝奇臭・民話臭が強く、歌ありきの『伊勢物語』は物語としては不完全である。写実的にしてロマネスクでもある『源氏物語』は、明らかにこれらとは次元の異なる物語になっているのだ。

物語文学の他に日記文学も『源氏物語』に影響を与えたと言われるが、とくに注目されるのは女流日記文学の魁（さきがけ）とされる『蜻蛉（かげろう）日記』だ。平安時代中期の歌人藤原道綱母（みちつなのはは）が書いた、回想録的な日記で、天暦（てんりゃく）八年（九五四）の摂関家の藤原兼家との結婚にはじまる約二十年の人生の変転が記され、〝女の一生〟を叙述する。そこには『源氏物語』に通じる内面描写が濃くみられる。

日記文学と物語文学を融合させ、別次元の文学作品に昇華させたのが『源氏物語』だったと解することもできよう。それは、作者が漢籍を含め、広く書物に親しんできたことの表れでもある。

また物語文学は、平安時代の貴族社会では女性や子供向けの娯楽的な読み物としてとらえられてきたのだが、そうした位置づけを覆したのが『源氏物語』であった。

このように、先行する文学の系譜を受け継ぎつつも、それらをはるかに凌駕して突然変異のごとく出現したのが『源氏物語』なのであり、あらゆる面で異色ずくめであることが『源氏物語』の特色ともなっている。

そして、『源氏物語』後にこれに匹敵する文学が現れたかといえば、答えに窮する。その意味では、『源氏物語』は日本文学史上において孤立しているといっても過言ではない。

こうした特色の起因を、紫式部という一人の人物にすべて帰してよいものなのだろうか。式部の人物像には不明な点も多いだけに、そこは一つの大きな謎として残るのだ。

29 最初は短編小説だったのか？

「帚木（ははきぎ）」巻冒頭の違和感を指摘した和辻哲郎（わつじてつろう）

現存する『源氏物語』は五十四巻からなるが、作者は第一巻「桐壺（きりつぼ）」から順に書き進めていったのか、それとも、『河海抄』の石山寺起筆伝承が示唆するように、途中の巻から書きはじめられて、あとから他の巻が書き加えられていったのだろうか。全五十四巻は継続して書かれて完成したのだろうか、それとも執筆は断続的で、段階的にまとめられていったのだろうか。

このような『源氏物語』の成立プロセスをめぐる謎に関しては、従来さまざまに議論がなされてきたが、近代において先鞭をつけたのは、哲学者の和辻哲郎であった。和辻は大正十一年（一九二二）に発表した評論「源氏物語について」（『日本精神史研究』所収）の中で、次のような興味深い論を展開している。

初巻「桐壺」の巻末では、光源氏は、生母の面影を宿す継母藤壺を恋い慕う十二歳の純朴な少年である。ところが、次巻「帚木」の冒頭は、「光源氏は世間では色好みの青年として有名だが……」という書き出しになっていて、源氏がプレイボーイ（もしくはプレイボーイと噂される人物）であることが前提になっている。「帚木」は「桐壺」のあとを受ける展開に全くなっていない。両巻の間にみられるこの矛盾は何を意味しているのか。これを合理的に説明するとすれば、次の二つのうちのいずれかとなる。

①紫式部は「帚木」巻を書く前に、まずプレイボーイとしての源氏を描く『源氏物語』の他の諸巻を書き、そのうえで「帚木」を書き継いだ。

②『源氏物語』成立以前に、プレイボーイの光源氏を主人公とする「プレ源氏物語」が紫式部以外の人物によってすでにいくつも書かれて読まれていて、式部はそれを受ける形で「帚木」巻を書き出した。

和辻はこの評論では問題を提起するだけで結論を明示していないが、「桐壺」から「帚木」へと読み進めたとき、おそらく誰しもが彼が抱いたのと同じような違和感を覚え、「あれっ?」と思うのではないだろうか。話がつながっていないのだ。純真な貴公子が、一足飛びに希代の漁色家に変貌している。

『源氏物語』は短編を積み重ねることで成立した

この問題について、②を発展させる形で新たな論を唱えたのが、国文学者玉上琢彌である。

玉上は昭和十五年(一九四〇)に発表した「源語成立攷」の中で、藤原定家による『源氏物語』注釈書『奥入』の「空蟬」巻(「帚木」巻の次)の項に「一説には巻第二　かゝやく日の宮　このまきもとよりなし」と書かれていることに着目して、紫式部が『源氏物語』を書きはじめる以前に、光源氏を主人公とした『輝く日の宮』という物語が存在して流布していたと推定した。和辻が想定した「プレ源氏物語」に、幻の『輝く日の宮』を比定したのだ。

その『輝く日の宮』には、源氏と藤壺や六条御息所との恋が描かれていた。式部はこの先行作品の設定を借用して、言わば続編を書く感じでまず短編物語「帚木」を書いてみた。するとこれが評判を得たので、また、この作品に目を留めて式部を召し出した藤原道長の勧めもあって、式部は『輝く日の宮』からは完全に独立した長編物語を書くことを構想し、「帚木」以外の巻を書き継いでいった。そして全体の序として「桐壺」も書いて増補した。――玉上の論を大ざっぱに整理すれば、こんなところである。

玉上はこの論をあくまで「仮説」とことわっているが、ポイントは、「『源氏物語』は短編を積み重ねることで成立していった」という点だろう。だから、いくらでも書き継げるし、またどこで終わることも可能なのだという。そう言われてみれば、確かに『源氏物語』にはそういう性質が感じられなくもない。

しかも、首巻の「桐壺」ではなく、次の「帚木」から書き出されたのだという。「桐壺」と「帚木」のちぐはぐなつながりは、このことの徴証というわけである。

ただし、玉上が「帚木」が書かれるきっかけになったと仮定する、かつて流布していたという恋愛物語『輝く日の宮』の痕跡を、平安朝の文学史に見出すことができないのがこの説の弱点だろう。

『源氏物語』は短編から出発したという見方は、かつて作家の中村真一郎も示したことがある。中村は、角田文衞との対談（一九八〇年刊『おもしろく源氏を読む』）の中で、第四巻「夕顔」は紫式部が本格的に『源氏物語』を執筆する以前に書いた習作的な短編がベースになっているのではないか、と述べている。そして、式部は『源氏物語』を長編小説としてまとめる際に、前に書いて反故にしていたその短編を持ち出してきて書き直し、入れ込んだのではないかとも述べている。

「作家としての創作の経験」からそう考えたそうだが、面白い推理である。そう思わせるほどに「夕顔」巻は独立性が強く、完成度が高く、上手に書けている、ということなのだろう。

30 最初に「紫の上系」、次に「玉鬘系」が書かれた？

武田宗俊の「玉鬘系後記説」とは

『源氏物語』成立論は、昭和戦後になると新たな局面を迎えた。国文学者の武田宗俊が、和辻哲郎の①説を引き継ぎつつ、斬新で画期的な「玉鬘系後記説」を展開したからである。

この説を構成する諸論考は昭和二十九年（一九五四）に刊行された『源氏物語の研究』にまとめられているが、その骨子を説明すると次のようになる。

『源氏物語』の第一部（第一巻「桐壺」～第三十三巻「藤裏葉」）の各巻は、光源氏と藤壺・紫の上・明石の君との恋愛を中心とする系統の物語＝「紫の上系物語」と、光源氏と空蟬・夕顔・末摘花・玉鬘らとの恋愛を中心とする系統の物語＝「玉鬘系物語」の、二系に分けられる。まずはじめに「紫の上系物語」が書かれ、そこから相当に年を隔てて「玉鬘系物語」が書かれ、「紫の上系物語」の間に挿入された。第二部（第三十四巻「若菜上」～第四十一巻「幻」）と第三部（第四十二巻「匂宮」～第五十四巻「夢浮橋」）は、「玉鬘系物語」の執筆に引き続いて書かれた。

武田は『源氏物語』のテキストを詳細に分析したうえで玉鬘系後記説を論証しており、その巧緻な論を手短に紹介することは非常に困難だが、「第一部の各巻は紫の上系と玉鬘系の二系統に区分できる」というのが説の基盤になっているので、この点から解説してみたい。

まず、紫の上系と玉鬘系の区分を具体的に見てみよう。

●紫の上系巻(全十七巻)

一「桐壺」、五「若紫」、七「紅葉賀」、八「花宴」、九「葵」、十「賢木」、十一「花散里」、十二「須磨」、十三「明石」、十四「澪標」、十七「絵合」、十八「松風」、十九「薄雲」、二十「朝顔」、二十一「少女」、三十二「梅枝」、三十三「藤裏葉」

●玉鬘系巻(全十六巻)

二「帚木」、三「空蝉」、四「夕顔」、六「末摘花」、十五「蓬生」、十六「関屋」、二十二「玉鬘」、二十三「初音」、二十四「胡蝶」、二十五「蛍」、二十六「常夏」、二十七「篝火」、二十八「野分」、二十九「行幸」、三十「藤袴」、三十一「真木柱」

なぜ、こう区分できるのか。武田は論拠として次のような点を挙げる。

①第一部の中では、紫の上系十七巻には連続性・統一性があり、この十七巻だけで完結した物語となっている。

②玉鬘系十六巻は一見バラバラなように見えるが、全体を通じて脈絡があり、紫の上系とは別個の統一性をもっている。

③玉鬘系の各巻の重要な事件・人物は、紫の上系の物語の上に痕跡を与えていな

い。たとえば、人物としての夕顔や玉鬘は、名前だけの場合も含めて玉鬘系巻のみに登場し、紫の上系巻には登場しない。そのため、第一部の三十三巻から玉鬘系十六巻を除いても、ストーリー上は何ら支障を来さない。これは紫の上系が玉鬘系からは独立していることの証しである。

④紫の上系から玉鬘系へと移る際に、また玉鬘系から紫の上系へと移る際に、ストーリーの接続が不自然になっている。たとえば、「若紫」巻（紫の上系）は光源氏十八歳時の三月末から十月までのことを記しているが、次の「末摘花」巻（玉鬘系）は十八歳の二、三月にまでさかのぼって筆を起こし、翌年の春にまで及ぶ。ところが、次の「紅葉賀」巻（紫の上系）は、「若紫」巻を受けるようにして源氏十八歳の十月から話がはじまっている。これは単独で連続性・統一性をもっている紫の上系巻の所々に玉鬘系巻が挿入され、紫の上系物語を切断して無理に割り込ませた形になっているためである。

◎『源氏物語』の原型は「紫の上系」十七巻

なぜこんな複雑な構成にする必要があったのか、という問題はさておき、この説が強い説得力をもつことは、実際に玉鬘系巻を飛ばして紫の上系十七巻を通読してみればよくわかる。確かに、紫の上系十七巻だけでも不自然なく読み通せて、ストーリー運びに無理がないのだ（「桐壺」巻と「若紫」巻、「少女」巻と「梅枝」巻のつながりにはやや不整合がみられるのだが、武田は、これらの巻々の間に、今は散逸した巻がかつては置かれていたとみている。この問題については次項で触れる）。

このような事実から、武田は、まず紫の上系十七巻が先に構想されて、紫式部の宮仕え以前に書かれたと推定し、「この十七帖が原源氏物語と称すべきもの」だとしている。

武田の推論はさらに続く。

紫の上系は「光源氏の栄華の物語」と「光源氏の愛欲の物語」の二つを中心とした物語で、そのテーマは、准太上（じゅんだいじょう）天皇となった源氏の六条院（ろくじょういん）に天皇・上皇が敬意を表して行幸する、最終の「藤裏葉」巻までに余すところなく書き尽くされ、物語は一旦ここで終結していた。

ところがその後、人生観・芸術感を成熟させた作者は、続編を書くことを思い立つ。しかし、このとき改めて読み返した紫の上系物語は、あまりに単調で平凡なものであった。そこで、これに短編的な巻々を挿入して全体を複雑でユニークなものにしようとした。

こうして書き出されたのが玉鬘系物語で、執筆時期は式部の宮仕え以後だろう。

また武田は、紫の上系巻の巻頭はまっすぐに事件の中に進んでいく簡素な表現(即事型)になっているが、対して玉鬘系巻の巻頭は修飾工夫を凝らした書き方(修飾型)になっているとも指摘する。これなども、作者の人生観・芸術感の成熟度の違いによるものと説明することができよう。

もちろん玉鬘系後記説も一つの仮説にすぎない。しかし、『源氏物語』の煩雑な構成にわだかまりを感じる読者には、この説を知って胸のつかえが下りるような思いをする人も少なくないのではないだろうか。

31 古注釈書が伝える「並びの巻」とは何か?

『紫明抄』に記された「並び」という謎ターム

前項で解説した武田宗俊の玉鬘系後記説は、第一部が紫の上系十七巻と玉鬘系十六巻の二系に分けられることを骨子とするが、じつはこのような区分は、『源氏物語』成立からまもない時期に、すでに読者たちに認識されていた節がある。

というのも、『源氏物語』の古注釈書をみると、おおむね玉鬘系十六巻に相当する巻が「並び」と呼ばれていて、他の巻と区別されていたからだ。

「並び」についての言及は、現存最古の『源氏物語』注釈書である『源氏釈』（平安時代末期成立）が初出で、たとえば第二巻「帚木」の項目の次には「二の並び空蝉」（二のならひうつせみ）と書かれていて、「空蝉」巻が第二巻「帚木」の「並び」であることが示されている。ただし、「並び」が何を意味するのかという肝心なことについては説明がない。

藤原定家の『奥入』（十三世紀前半成立）にも「並び」への言及があるが、限定的である。十三世紀末の『紫明抄』になって、ようやく全巻における「並び」の区分が明示される。

ここに、『紫明抄』から、見出しにあたる巻名部分を抜粋して並べてみよう。これは「並びの巻」リストにもなっている。巻名冒頭の漢数字は『紫明抄』が記す巻順（帖順）で、巻順が振られていない太字部分（「並び〜」）が「並びの巻」である。

一「桐壺」　二「帚木」　並び一「空蝉」　並び二「夕顔」　三「若紫」　並び「末摘花」　四「紅葉賀」　五「花宴」　六「葵」　七「賢木」　八「花散里」　九「須磨」
十「明石」　十一「澪標」　並び一「蓬生」　並び二「関屋」　十二「絵合」　十三「松風」　十四「薄雲」　十五「朝顔」　十六「少女」　十七「玉鬘」　並び一「初音」
並び二「胡蝶」　並び三「蛍」　並び四「常夏」　並び五「篝火」　並び六「野分」
並び七「行幸」　並び八「藤袴」　並び九「真木柱」　十八「梅枝」　十九「藤裏葉」
二十「若菜上」　二十一「若菜下」　二十二「柏木」　並び「横笛」　並び「鈴虫」
二十三「夕霧」　二十四「御法」　二十五「幻」　二十六「雲隠」　二十七「匂宮」
並び一「紅梅」　並び二「竹河」　二十八「橋姫」　二十九「椎本」　三十「総角」
三十一「早蕨」　三十二「宿木」　三十三「東屋」　三十四「浮舟」　三十五「蜻蛉」
三十六「手習」　三十七「夢浮橋」

◎「並びの巻」と「玉鬘系物語の巻」はほぼ一致していた

このリストは、全巻の構成と順番に関しては現行の『源氏物語』と同じだが、巻数を三十七とし、この三十七巻（これを仮に「本巻」と呼ぶ）に「並び」十七巻が序列外として付属する、という構成になっているのが大きな特色である。また、「若菜上」「若菜下」をまとめて一巻とし、「雲隠」を一巻に数えている点も、現行の『源氏物語』とは異なる点だ。

『紫明抄』もまた「並び」の意味については明言していないのだが、南北朝時代の『河海抄』は「並び」について、「横＝本巻と同時の出来事」または「縦＝本巻の続きの出来事」の意ではないかと推察している。ただし、断言はしていない。要するに、『源氏物語』の巻区分については古くから「並び」という概念があったのだが、中世にはその正しい意味がよくわからなくなっていて、ただ「この巻は並びである」「この巻は本巻である」ということだけが伝わっていたのだろう。

だが、ここで「並びの巻」を玉鬘系後記説の玉鬘系巻と照合するならば、ほぼ一致することがわかる。ということは、「並び」とは、あとになって書かれた巻のことではないか、物語全体が一旦書き終えられたあとに新たに書かれ、本巻に並置する形で物語に挿入された巻のことをさしているのではないか――という推論が成り立つ。

ただし、この論にも難点はある。「藤裏葉」巻までの第一部に関して言えば、玉蔓系後記説では玉蔓系巻に位置づけられている「帚木」「玉蔓」は、「並び」であるべきだが、『紫明抄』はこれを本巻扱いしている。なぜだろうか。

前出の武田は、この問題について概略次のように説明している（『源氏物語の研究』）。

オリジナルの『源氏物語』では、首巻「桐壺」巻の次に、定家の『奥入』にその存在が示唆されている、「輝く日の宮」という光源氏と藤壺の恋愛を中心とした巻が置かれていた（189ページ参照）。そしてこの「輝く日の宮」巻のあとに「並び」として「帚木」「空蟬」「夕顔」の三巻が続いていた。しかし、何らかの理由で「輝く日の宮」巻が失われてしまったため、繰り上がって「帚木」巻が本巻に位置づけられるようになってしまったのだろう。

「玉蔓」巻も同様で、「少女」巻とこれに続く「玉蔓」巻の間には、名称すら残さずに失われたX巻が本巻としてかつては存在し、この巻の「並び」として「玉蔓」以下が置かれていた。しかし、X巻が脱落したため、「玉蔓」巻が本巻に繰り上がったのだろう。

武田は、第二部・第三部の「並び」である「鈴虫」「紅梅」「竹河」の各巻についても、あとから書かれて挿入されたものだろうとしている。「あとから書かれて挿入された巻」「並び」の定義をめぐっては議論もあるようだが、「あとから書かれて挿入された巻」のことであり、玉鬘系後記説とはこの区分を復元したものなのだととらえれば、きわめて理解がしやすい。「並び」という区分表示が作者の指示によるものかどうかは不明ながら、『源氏物語』成立当初から、「並び」という概念がこの物語を読む際の約束事として認識されていた可能性は高い。読者は「並びの巻」の物語を、本巻のスピンオフを楽しむような感覚で読んでいたのではないだろうか。

32 「成功譚」に「失敗譚」を掛け合わせたものなのか？

「紫の上系」は「本紀（ほんぎ）」をモデルとした致富譚（ちふたん）

武田宗俊の玉鬘系後記説は、あまりに突飛であったせいか、国文学のプロパーには必ずしも受けがよくなく、黙殺する空気すらあった。他方、この説を積極的に支持し、さらにこれを発展させる形で持論を展開したのが、著名な国語学者だった大野晋（すすむ）である。

大野は、昭和五十九年（一九八四）初刊の『源氏物語』の中で、玉鬘系後記説を援用して物語分析を行っているが、ここでは第一部を構成する「紫の上系物語」を「ⓐ系」、「玉鬘系物語」を「ⓑ系」と言い換えている。そして、ⓐ系十七巻とⓑ系十六巻をさまざまな角度から対比しているのだが、これがすこぶるユニークなのである。以下、その説を略述してみよう。

ⓐ系の各巻は年月の進行を忠実に記載し、かつストーリーは年月を順に追って進行する。年月が逆行する場面は、第十三巻「明石」での回想部分のみである。

このような書き方は『史記』『漢書』などの中国の史書にみられる「本紀」をモデルとしている。「本紀」は皇帝の事績を年月順に記載したもので（このスタイルを編年体という）、中国の正史ではこの本紀に「列伝」（臣下の伝記）、「志」（地理・法制・経済などの重要事項をまとめたもの）などを加えて構成するのが正統とされ、このような歴史叙述スタイルを紀伝体と呼ぶ。『日本書紀』も紀伝体を範としたと考えられているが、実際に書かれたのは本紀にあたる部分だけである。ⓐ系が本紀をモデルとしていることは、作者が中国史書を重んじる漢学に通じていたことを示している。

これに加えて、ⓐ系は「致富譚(ちふたん)」の類型ももっている。致富譚とは「はじめに主人公に対して神のお告げや霊的な予言があり、話の最後ではそのお告げ・予言の通りとなって、主人公は巨富を得る」という民話によくみられるパターンで、典型が「わらしべ長者」だ。言うなれば、「めでたし、めでたし」で終わる物語である。

これがⓐ系にどう当てはまるか。光源氏はまず初巻「桐壺」で高麗(こま)の人相見(にんそうみ)から「天皇の位にはつかないが、臣下でもない者になる」という予言を受ける。すると、ⓐ系最後の「藤裏葉」巻では、光源氏は准太上天皇という、確かに天皇でも臣下でもない地位にのぼり、無上の栄誉を得る。しかも、愛する女性たちを豪奢(ごうしゃ)な六条院に住まわせて至福にひたる。予言が成就し、致富を極めたのである。

つまり、ⓐ系は書き方としては本紀をモデルとし、筋立てとしては致富譚を土台としている。

「玉鬘系」は列伝を意識した「失敗に終わる挿話」

これに対してⓑ系はどうか。

ⓑ系は、光源氏と四人の女性(空蟬、夕顔、末摘花、玉鬘)との恋を描くことを中

心としている。これは、中国史書の紀伝体において、帝王の伝記である「本紀」に対比される、臣下の伝記集成である「列伝」をモデルにしている。つまり、ⓐ系に対置されている。

さらにⓑ系は、ⓐ系が致富譚であるのに対して、「失敗に終わる挿話」になっている。源氏は空蟬を完全にものにすることはできず、夕顔は急逝してしまい、末摘花の素顔には失望し、玉鬘は他の男に奪われてしまう。この面でも、ⓑ系は致富譚型のⓐ系に対置される。

大野はこのように論証しながら、ⓐ系とⓑ系の文体・表現の細かな違いにまで説き及び、ⓐ系は人間関係を単眼的レンズでしか描いていないが、ⓑ系では双眼的レンズが作動している、という鋭い指摘もしている。

そして、玉鬘系後記説と同様、紫式部はⓐ系を書いたあとにⓑ系を書いたのであり、ⓑ系が書かれたのは、式部が中宮彰子のもとに出仕して宮廷の官人たちの動静を見聞してからのことだろうとする。ⓐ系は、作者が夫を亡くしたために家に引きこもりがちで世間知らずだった時期に書かれ、働きはじめて世知に長(た)けるようになってから作者はⓑ系の筆をとり、ⓐ系に組み合わせた、ということだろう。玉鬘系後記説を補完する、面白い見方である。

ところで、『紫式部日記』には、一条天皇が『源氏物語』を人に読ませて聞き入り、「この物語の作者は『日本書紀』を読んでいるにちがいない」と述べて感嘆した、という有名なエピソードが書かれている。だが、現代の読者にはこの部分を読んで怪訝に思う人が多いのではないだろうか。『源氏物語』には『日本書紀』の記事を彷彿させるような場面はほとんどないし、そもそも『源氏物語』は、『日本書紀』のような純然たる歴史書とはおよそ正反対の性格を有するフィクションであるからだ。

しかし、大野の所説に従って、ⓐ系の巻のみを通読してゆくならば、確かにストーリーは忠実に年月を追って進んでゆくので、編年体の歴史書である本紀のように映らなくもない。

そして、本紀のスタイルをとって書かれたのが『日本書紀』であった。ひょっとすると、一条天皇が読ませた『源氏物語』とは、まだⓐ系しか書かれていない時期の『源氏物語』だったのではないだろうか。

33 なぜ「輝く日の宮」巻は消えたのか？

源氏と藤壺の恋愛が描かれていた幻の巻

ここまでに、現存する『源氏物語』にはない「幻の巻」の存在について何度か触れてきたが、この問題についてまとめておこう。

まずは、「輝く日の宮」巻について改めて解説してみたい。

この巻が存在していた可能性を語るのは、藤原定家による『源氏物語』注釈書、『奥入』（十三世紀前半成立）である。

第三巻「空蝉」の項目に「二のならひとあれとは、ヽ木ヽのつきなり　ならひとい ふへくも見えす　一説には　巻第二　かゝやく日の宮　このまきもとよりなし　な らひの一　はゝ木ヽ　うつせみはこのまきにこもる　二　ゆふかほ」という注記が ある（『奥入〈第一次〉大島本』のテキスト）。解釈が難しいところだが、試みに次の ように意訳してみる。

「『空蝉』は『帚木』の二番目の並びとされるが、『帚木』のすぐ次に置かれていて、しかも並びのような内容には見えない。一説によると、第二巻は『帚木』ではなく現在は失われた『輝く日の宮』で、この巻の一番目の並びが『帚木』であり、『空蟬』はこの巻に含まれていて、二番目の並びが『夕顔』である」

つまり定家の時代には、首巻「桐壺」と現行版では第二巻となっている「帚木」の間に、かつては「輝く日の宮」という幻の巻が置かれていた、とする〝伝承〟があったと考えられる。

では、仮に「輝く日の宮」巻が存在したとして、そこにはどんなことが書かれていたのだろうか。このことを考えるうえでヒントになるのは、「桐壺」巻と「帚木」巻以降とのつながりの不自然さである。

「桐壺」巻では、光源氏は桐壺帝の寵姫(ちようき)藤壺に淡い恋心を抱いていたにすぎないのに、次に藤壺が登場する第五巻「若紫」では、なぜか二人の関係はすっかり深いものに発展している。

「帚木」巻には、何の脈絡もなく、源氏が朝顔の姫君に贈った歌のことが突然言及される。

第四巻「夕顔」には、これまた何の脈絡もなく、源氏のなじみの女性として六条御息所が登場する。

つまり、「桐壺」巻の最後では源氏は純真な少年なのに、次の「帚木」巻以降では、浮き名を流すドンファン風の青年にすっかり変貌している。

そして、「桐壺」巻では、「輝く日の宮」は藤壺の美称として紹介されている（「藤壺ならびたまひて、御おぼえもとりどりなれば、かかやく日の宮と聞こゆ」）。

これらのことからすれば、「輝く日の宮」巻は源氏と藤壺の恋愛を中心とした物語であり、そこには源氏と朝顔の姫君、六条御息所との出会いや恋も点描されていたのではないか、という推測が成り立つわけである。

もしこれが事実だったとしても、問題は「なぜ失伝したのか」だろう。

想像するに、作者による禁裏（きんり）への忖度（そんたく）が関係していたのではないか。「輝く日の宮」巻には、天皇が鍾愛（しょうあい）し、後に中宮に立てられることになる藤壺と、継子である皇子との恋愛が細かく描写されていた。だが、紫式部は宮廷への献呈本を清書するにあたり、このくだりが下手に宮中を刺激することをはばかり、思い切って省いたのではないだろうか。

そうだったとすれば、かなり早い段階で失伝していたはずである。

ただし、「輝く日の宮」を「桐壺」巻の異称とする説もあることを付記しておきたい。

◉小説家が擬作した「輝く日の宮」巻

「タイトルだけが残された、『源氏物語』の幻の巻」というミステリアスなテーマは現代の小説家の創作心をくすぐるものでもあったようで、「輝く日の宮」をモチーフとして、丸谷才一は長編小説『輝く日の宮』（二〇〇三年）を書き、瀬戸内寂聴は短編小説「藤壺」（二〇〇四年）を書いている。

前者は、若くて魅力的な女性国文学者が『源氏物語』には「輝く日の宮」の巻が含まれていると推定し、その巻を創作してしまうという筋立てで、終章にはヒロインの手になる「輝く日の宮」が披露されている。

後者は〝擬作「輝く日の宮」〟とでも言うべき作品で、文芸誌への初出時は現代語で書かれていたが、単行本にまとめられた際には古文バージョンも加えられている。

両作品ともに、禁じられた恋の手引きをする女性として、藤壺に仕える女房の王命婦が重要な役割を担って登場している。

丸谷の『輝く日の宮』の中では、紫式部のパトロンとなった藤原道長が「輝く日の宮」を削除させたという推理が行われている。一方の瀬戸内は単行本版『藤壺』の「まえがき」でこう書いている。

「それを読まれた一条天皇が、内容上あまり禁忌にふれるので削除をお命じになられたのではないかと考えます」

34「桜人」「巣守」という巻もあった?

光源氏が夕顔を追想する「桜人」巻

幻の巻は「輝く日の宮」だけではない。

第一章で軽く触れたが（49ページ参照）、平安時代末の藤原伊行による『源氏釈』には、「真木柱」巻の次に「桜人（さくら人）」という巻名が明記されている。

しかも、本文が十三カ所分引用され、それに対して注記がなされている。その本文テキストは、現行の『源氏物語』五十四巻には明らかに見当たらないものである。

そして、「さくら人」という巻名の下には「この巻はある本もあり、なくてもありぬべし。蛍が次にあるべし」と注記されている。

これらを総合するならば、平安時代末に流布していた『源氏物語』には、現行の『源氏物語』では第三十一巻にあたる「真木柱」か第二十五巻にあたる「蛍」の次に、「桜人」という巻が存在する伝本があったらしいことがわかる。

引用テキストに「夕顔の御手のいとあはれなれば」というものがあることから、国文学者の伊井春樹は、「かつて源氏と交わした夕顔の文を取り出し、懐旧の思いに耽（ふけ）った場面が描かれていたと想像される」と述べている（『人がつなぐ源氏物語』）。

浮舟と重なる巣守三位（すもりのさんみ）のキャラクター

現在出版されている『源氏物語』は、現代語訳も含めて、たいてい巻末あたりに登場人物の関係を示す系図が収録されているはずである。登場人物が多く、しかも人物関係が複雑なので、こうした系図があるとないとでは、読解度もだいぶ違ってくるものだ。

そのことは昔も同じだったようで、平安時代末期にはすでに『源氏物語』の系図がいくつも作成されていたらしい。現存する古系図には書写年代が鎌倉時代をさかのぼるものはないようだが、それらは登場人物の親子・兄弟の関係を示す家系図をメインとし、各人物については簡単に説明も加えられている。

そうした古系図の一つに、正嘉二年（一二五八）の奥書をもつ『正嘉本源氏物語系図』があるが、この中に不可解な記述がある。光源氏の弟である蛍兵部卿宮の子として七人の名が挙がっているのだが、そのうちの源三位、頭中将、巣守三位、中君の四名は、現行の『源氏物語』五十四巻には全く登場しない人物なのだ（左大臣家の頭中将や浮舟の異母姉中の君は蛍兵部卿宮の子ではなく、ここに挙げた「頭中将」「中君」とは別人物）。

とくに注目されるのは巣守三位で、魅力的な女性であったらしく、系図には長めの説明文が付されている。要約するとこんな感じだ。

「一品宮に仕えた琵琶の名手で、匂宮が通うが、薫大将に惹かれ、やがて若宮が生まれる。それでも匂宮が執心したため、朱雀院の四の君が住んでいた大内山に隠れてしまった」

どうやら、「宇治十帖」のあたりに巣守三位と匂宮、薫の三角関係を描く巻をもつ『源氏物語』の伝本が中世には存在したらしい。巣守三位のキャラクターは浮舟と重なるが、この系図には八の宮の娘として浮舟が別記されているので、浮舟とは明らかに別人である。

鎌倉時代中期以降の書写とされる『伝二条為氏筆源氏物語系図』は末尾で巻名を列記しているのだが、「夢浮橋」巻のあとに行を改めて「のりのし　すもり　さくら人　ひわりこ　これらはつねになし」と付記している。「のりのし」「すもり」「さくら人」「ひわりこ」という四巻がかつて存在したが散逸した、というような意味なのだろうか。

「のりのし」はおそらく「法の師」で、最終巻「夢浮橋」の異名とする説もあるのでとりあえず措くとして、「すもり」とは「巣守」であり、例の巣守三位が登場する巻のことであろう。

「さくら人」は当然、『源氏釈』がその存在を伝える巻のことだろう。

そして「ひわりこ」だが、源氏が新枕を交わしたばかりの紫の上に「檜破子」という食べ物を入れる風雅な折箱を供する場面があるので（第九巻「葵」）、「ひわりこ」巻には紫の上が深く関わる話でも書かれていたのだろうか。

この他に、「さむしろ」「八橋（やつはし）」といった巻名を伝える古系図や注釈書類も存在する。

「巣守」他の失伝した巻が、『源氏物語』成立当初から存在したものなのか、それともあとで加えられたものなのか、原作者が書いたものなのか、それとも別人の筆によるものなのか。そのあたりのことについて正確なことはわからない。ただし、『源氏物語』が成立した平安時代中期から鎌倉時代にかけて、現行の『源氏物語』五十四巻には含まれていない諸巻をもつ伝本が存在し、読まれていたことは間違いない。

そして、これらを後人によって補作された偽書・外典とみなして排除したうえで、全五十四巻からなる『源氏物語』の正典として、紫式部が書いた真正の作品として編纂されたのが、定家が校訂した青表紙（あおびょうし）本であり、源光行（みなもとのみつゆき）・親行（ちかゆき）父子が校訂した河内（かわち）本なのだろう。

35 空白の「雲隠」巻は最初から存在したのか？

「雲隠」巻の存在をめぐる難問

第二部の最後にあたる第四十一巻「幻」は、紫の上の死の翌年、光源氏が自身の出家を準備しつつ、故人への追憶を重ねて過ごす日々を描き、その年の暮れに、「もの思ふと過ぐる月日も知らぬ間に年もわが世も今日や尽きぬる」と詠む場面で、物語は終幕となる。

この巻の次には題名のみで本文のない「雲隠」の巻が置かれ、次いで第四十二巻「匂宮」が「光隠れたまひにし後……」という文によって始まる。すでに光源氏が世を去って久しく歳月が経過していることが示されて、匂宮と薫を主人公とした第三部が新たにスタートするのだ。ちなみに、現代では、「雲隠」巻には巻序を付さないのが慣例となっている。

つまり、光源氏臨終の具体的な描写は何らないのだが、読者は、貴人の死の隠喩的表現でもある「雲隠」というタイトルのみによって、「幻」巻と「匂宮」巻の間に源氏がついに亡くなってしまっていたことを、それとなく知らされる仕掛けになっている。しかも、本文テキストの不在が、主人公の喪失を寓意(ぐうい)してもいる。二十世紀のヌーヴォー・ロマンの手法のはるか上を行く、心憎いほどに奥床しい、脱帽のレトリックである。

しかし、この「雲隠」巻については、原作者のアイデアなのか、それとも後代の人間が考えついたものなのかということが、古くから読者の関心の的となってきた。この難問への解答は、突き詰めてゆけば次の三つのうちのいずれかになろう。

①作者は巻名のみを書き、本文はわざと書かなかった。
②作者は巻名も本文も書いたが、本文はいつしか失われ、巻名のみが残った。
③元来、本文はもちろん巻名もなかったが、後人が意味ありげに巻名だけを書き加えた。

このうちのいずれが正しいのだろうか。

原作者による「本文」が存在した可能性は低い

鎌倉時代初期に書かれた故実書(こじつしょ)『白造紙(しろぞうし)』(119ページ参照)に収録されていた

『源氏物語』巻名リスト（「源シノモクロク」）を見ると、「廿五　マホロシ　廿六クモカクレ　廿七　ニホフ兵部卿」と書かれている。

現行の『源氏物語』では第四十一巻になっている「幻」が第二十五巻となっているのは、先に触れたように（181ページ参照）、中世には「並びの巻」を巻序から省き、現行では上下二巻に分けられている「若菜」を一巻として数えたことによる。それはともかく、『白造紙』にもとづけば、鎌倉時代のごく初期の『源氏物語』には、本文をもっていたかどうかは不明ながら、すでに「雲隠」と題する巻が存在していたことになる。ちなみに「ニホフ兵部卿」は「匂宮」巻の異名である。

一方で、これよりやや先んじて、平安時代末期に成立したとされる、『源氏物語』に関する最古の注釈書『源氏釈』をみると、「廿五　まほろし」の次項が「廿七　にほふ兵部卿」となっている。「雲隠」巻のことは言及されていないが、巻序からすれば、「第二十六巻」として「雲隠」巻が存在していたのだろうと推定することができる。にもかかわらずこの巻が無視されたのは、注釈すべき本文テキストがなかったから、すなわち、タイトルだけで本文が存在しなかったからではないか、と推測できる。これは、①もしくは③の説に該当する考え方である。

十三世紀末の注釈書『紫明抄』になると、第二十六巻として「雲隠」が取り上げられているが、巻名の下には「もとよりなし」と明記されている。ただし、本文そのものはインドから中国に伝わらなかったがそこに説かれた教理は知られている『毘勒論(びろくろん)』『迦旃経(かせんきょう)』という経典を引き合いに出して、「(『毘勒論』も『迦旃経』もインドには本文が存在するのだから)名のみあって形がないという『雲隠』巻の本文も、きっとどこかに残っているのだろう」とも付記されている。

これは「本文はあったかもしれない」という説であり、②にあたろう(各巻が独立した冊子=帖(じょう)になっている古写本を見ると、表紙に「雲隠」と記された本文が白紙の帖があるわけでなく、帖そのものが存在しない。これは、当初、本文をもつ「雲隠」帖が存在したが紛失した、という体裁をとっていると解することができる)。

しかし、歴史も性格も全く異なる『源氏物語』と仏教経典を同列に論じるのは、明らかに暴論である。もっとも、中世にはこの説を敷衍する形で、「雲隠」をめぐって擬作が展開されることになるのだが、それについては第四章で触れよう。

結局、古注釈書に本文テキストが一語も言及されず、「もとよりなし」という伝承があり、かつ、「雲隠」の本文がない現状でも支障なく物語を読み進めることができることからすれば、②の可能性は低く、①か③の可能性が高いということになろう。

ここで思い起こされるのは、そもそも各巻の名称が原作者によるものではないとする説があることだ（50ページ参照）。もしこの説が支持されるならば、③が残ることになる。平安時代末頃の『源氏物語』読者が、『紫式部集』の巻頭歌「めぐりあひて見しやそれともわかぬまに雲隠れにしよはの月かな」をヒントに、「雲隠」というタイトルだけの巻を置くことを思いつく――。そんなシーンを筆者は想像するのだが、ナンセンスだろうか。

だがもちろん、「巻名が原作者によるものではない」という説が立証されない以上は、①、③のどちらとも言えないということにはなる。

その一方で、こんな情景も想像したくなるのだ。

「紫式部は光源氏の死を詳細に描く『雲隠』巻を書いたが、その書きぶりに満足できず、何度か書き改めた挙句、原稿を反故にした。ところがそのとき、たまたま机上に放置された原稿の巻名部分だけが目に留まり、ふとタイトルだけの巻を思いついた――」

36『源氏物語』の作者は一人なのか？

現代の小説作品は何重にもチェックが加えられている

本章では、『源氏物語』の成立プロセスをめぐる問題を中心に、さまざまな説・見方を紹介してきた。結局、『源氏物語』はどのようなプロセスをへて成立したのか。『源氏物語』の原型はどのようなものだったのか。

ここで、比較のため、現代の作家が長編小説を執筆するプロセスを考えてみよう。

最もスタンダードで、かつ理想的なのは、はじめは新聞や雑誌、ウェブサイトなどの媒体に連載小説という形で少しずつ発表してゆき、連載が終了したら発表したものをまとめて単行本として出版する、というスタイルだろう。

この場合、作品が新聞や雑誌に掲載されるに際しては、編集者からのアドバイスや要請に応じて作家が原稿やゲラ刷りに手を加えることはよくあることだし、ストーリーの矛盾を指摘されて原稿が書き直されることだってあるだろう。さらには、校閲者によって誤字・脱字のチェックや事実関係の確認などが行われる。このプロセスは当然、単行本としてまとめられる段階でも繰り返される。

こうして洗練された一個の長編小説が完成すると、それは印刷・出版されて全国の書店に並べられ、読者のもとに届けられる。

そして、ひとたび単行本として刊行された小説は、その作家が生んだ文芸作品として残されることになり、文庫本になったり全集に収録されることがあっても、明らかな誤字を除けば、一字一句変えることなく初版通りの姿で再録されることが求められる。後代の人間が恣意的にテキストに手を加えるようなことは、決してあってはならない。

テキストの改変に寛容だった中世の写本

これに対して、平安時代の場合はどうだろうか。

書物は手書きが原則で、出版社などもちろん存在しない。編集者も校閲者もいない。とくに締切りがあるわけでもないし、原稿料がもらえるわけでもない。想を得た物語作者は、「書きたい」「読ませたい」という衝動に従って、原稿をひたすら手書きしてゆく。書き終えると、それを周囲の人間に読ませる。評判がよければ、手書きの原本が書写され、書写本がまた書写され……というようにして流布してゆく。作者が能書家に原本の書写を依頼して、いくつもの書写本を制作するということが行われることもあったかもしれない。

作者が、書きかけの段階で、あるいは一旦書き終えたあとに、親しい人間に原稿をみせ、意見を聞いて書き直したり、間違いを指摘されて修正したりといったことは当然あっただろう。しかし、それはプロの編集者や校閲者が原稿やゲラ刷りを見ることと同列には置けない。ストーリーの矛盾や誤記の類いは、その作品が長いものであればあるほど、見過ごされてしまう可能性が高くなってくるはずだ。

ただし、平安時代あるいは中世の場合は、現代と違って、作者以外の人間がテキストに手を加えることに対しては寛容であった。紫式部の時代から二百年以上が経過した建長（けんちょう）七年（一二五五）に『源氏物語』の厳密な校訂本（河内本）が作られた際、校訂者の源光行・親行父子が二十一部もの写本を集めて校合したとその奥書に書かれていることは、この事実をよく物語っている。

それらの写本は、テキストに大小の異同が見られたからこそ、あえて集められたのだろう。もちろん、そこには単純な写し間違えもあっただろうが、書写者の判断で、当時は意味がよくわからなくなっていた表現の書き替え・削除なども行われていただろうと想像することができる。そうした行為は、当時の人びとにあっては必ずしも改悪とは認識されなかった。ある意味では、書写者が編集者・校閲者の役割を担っていたとも言える。

そもそも、当時において、本の書写は、不特定多数の読者に提供することを目的として行われたのではない。それは、書写した本を自家の所有にして子孫に伝えるためであり、もっと言えば、自分が読んで楽しむためであった。だから、自己流にテキストを改変しても、一向にかまわないわけであった。

ストーリーが変えられることもあった物語文学

極端な場合には、ストーリーが変えられたり、新たに挿話が加えられたりすることだってあったかもしれない。

実際にそういうことが行われた例として『住吉物語』を挙げることができる。紫式部も読んでいたとみられている『住吉物語』は作者不詳、平安時代成立の物語だが、百以上の写本が現存する。ところが、それらの間にはテキストの違いが非常に多くみられ、あらすじは変わらないものの、代表的な本文の種類はおよそ二十通りにもなるという。これは、今は伝わらない十世紀末成立の祖本に対して、後世の人間がさまざまに手を加えて改作したためと考えられている。

『源氏物語』に影響を与えたとされる『宇津保物語』についても、近年の研究では、最初から一つの長編として構想されたものではなく、作者は複数で、後年に書き替えられたり書き足されたりしながらまとめられていったのだろうとする見方が強まっている。

物語文学は、その時代時代の読者に合わせて書き改められ、原本を離れて〝成長〟を続けてゆくことがありえたのである。

『源氏物語』についても、『住吉物語』や『宇津保物語』と同じようなことがなかったとは、言い切れない。現存の『源氏物語』にはない幻の巻がかつては存在していたことを、この物語が〝成長〟を続けてきたことの証しととらえることもできよう。

●紫の上系は紫式部が執筆、では玉鬘系は……

先に、まず原『源氏物語』として紫の上系十七巻が書かれ、その後、玉鬘系十六巻、第二部、第三部が書き継がれていったとする武田宗俊の玉鬘系後記説を紹介した。

武田はこのような段階的な成立論を提示しつつも、「執筆者は紫式部一人である」という前提に原則として立っている。

だが、あくまでも仮定の話だが、紫の上系十七巻は式部が書いたが、玉鬘系十六巻以下は、式部とは別の人間たちが書き継いでいった、と想定することも可能ではないだろうか。

『源氏物語』のストーリーは、良く言えば重層的・交響的だが、悪く言えばちぐはぐである。そのちぐはぐさは、ひょっとすると、作者を複数に想定することによって合理的に説明できるのではないだろうか。

『源氏物語』に各種の〝ちぐはぐ〟がみられることを指摘した和辻哲郎は、こう述べている。

「綿密な研究の後にもあるいは、源氏物語が、古来言われている通り、紫式部一人の作であると結論されるかも知れない。しかし少なくともそれが、一時の作ではなくして徐々に増大されたものだ、という事だけは、証明されそうに思う」（「源氏物語について」）

第四章

なぜ『源氏物語』は読み継がれたのか

受容史をめぐる謎

アーサー・ウェイリーによる『源氏物語』の英訳、*The Tale of Genji* の書影。

37『源氏物語』は藤原氏の〝秘宝〟となった？

◎『源氏物語』の影響を受けて書かれた『狭衣物語』と『栄華物語』

中世に書かれた『弘安源氏論議』や『河海抄』をみると、寛弘（一〇〇四～一〇一二年）のはじめにできた『源氏物語』は、康和（一〇九九～一一〇四年）に広まったと書かれている。しかし実際には、もっと早くから貴族社会には流布して読まれていたとおぼしい。

なぜなら、『浜松中納言物語』『夜の寝覚』などの作者と伝えられる寛弘五年（一〇〇八）生まれの菅原孝標女は、『更級日記』の中で少女時代に『源氏物語』を耽読したと記しているし、禖子内親王に仕えた宣旨（雑務を行った官女の職名）の作とされる『狭衣物語』は十一世紀後半の成立で、狭衣大将の恋物語を描いたものだが、そこには明らかに『源氏物語』を模倣した跡がみられるからだ。

また、藤原道長・頼通父子の栄華を中心に平安宮廷の歴史を描いた『栄華物語』は、史書としての性格ももった物語で、正編は長元年間（一〇二八～一〇三七年）、続編は寛治六年（一〇九二）二月からまもない時期の成立と考えられているが、文章や巻名の付け方などに『源氏物語』の影響がみられる。正編には『紫式部日記』を材料にしたとみられる記述もあることが知られている。

◎鎌倉時代中期の伝本を記した「光源氏物語本事」

『源氏物語』の流布は、具体的には、次々と書写されることで実現されていった。平安時代中期から鎌倉時代にかけて、どのくらいの数の『源氏物語』の写本が存在したのかは知る由もない。ただし、重要な写本がどんな人びとのもとにあったのかということについては、それを窺いうる貴重な史料がある。

鎌倉時代中期に了悟なる京都の人物によって書かれたとみられる「光源氏物語本事」と題された文書がある。『源氏物語』の注釈書として書かれた『幻中類林』の解題部分に相当するとみられているが、ここには、鎌倉時代中期、すなわち『源氏物語』が成立してから二百年以上がたっていた時点で、『源氏物語』の主たる伝本にどのようなものがあったかが、断片的な形ではあるが、記録されている。言及されている諸本の名称を列挙してみよう。

大炊御門斎院式子内親王御本／宇治宝蔵本／比叡山法華堂本／延久三宮御本／陰明門院御調度草子／鷹司院按察局本（女院御本）／野宮左大臣殿御本／京極自筆本／頼隆宰相入道本／孝行か本／比叡山中堂奉納本／大斎院選子内親王本

このリストについて、今井源衛「了悟『光源氏物語本事』について」（『今井源衛著作集4』所収）を参照しながら、若干の解説をしてみたい。

式子内親王は後白河天皇皇女で歌人。宇治宝蔵本は藤原摂関家関連のものだが、これについては後ほど詳述する。比叡山法華堂とは比叡山延暦寺内にあった法華三昧の修行道場のことである（古くは山内に複数存在した）。延久三宮は後三条天皇皇子の輔仁親王。陰明門院は太政大臣藤原頼実の娘麗子（土御門天皇中宮）。按察局は歌人藤原光俊の妹で、「光源氏物語本事」の説明によれば、彼女の所持本は宣陽門院（後白河天皇皇女の覲子内親王）から下賜されたものだという。野宮左大臣は歌人としても知られた藤原（徳大寺）公継。京極は藤原定家のことで、「京極自筆本」は青表紙原本のことをさすとみられる。頼隆宰相は中納言藤原顕俊の息子。「孝行か本」は不詳。比叡山中堂奉納本と大斎院選子内親王本についても後述する。

これらの写本所蔵者は、延暦寺関係と「孝行か本」を除けば、十一～十三世紀を生きた皇族か上級貴族である。残念ながら、これらの諸本には、京極自筆本の一部を除けば、現存が確認されているものはない。「光源氏物語本事」によれば、この十二部の他に、「源氏抄」と呼ばれる写本、「自余(じよ)の古本」などもあったという。

宇治の宝蔵に納められた貴重な『源氏物語』

ここでとくに注目したいのは、宇治宝蔵本、比叡山中堂奉納本、大斎院選子内親王本である。

大斎院選子内親王とは、すでに記したように、十世紀から十一世紀にかけて半世紀以上にわたって賀茂(かも)神社の斎院を務めた女性だ（148ページ参照）。一条朝の文芸サロンの中心的人物でもあり、彼女が中宮彰子(しょうし)に物語をリクエストしたことをきっかけに『源氏物語』が起筆されたという有名な伝承が『古本説話集(こほんせつわしゅう)』や『河海抄』に書かれていることもすでに記した。

じつは『河海抄』には、式部が書き上げた『源氏物語』が能書家の藤原行成(ゆきなり)によって清書されて選子内親王に献上されたという伝承も記されている。「光源氏物語本事」がさりげなく言及する大斎院選子内親王本は、行成が清書したものだったのか。大斎院選子内親王本の存在は、『源氏物語』の成立において、紫式部と同時代人である選子内親王が重要な役割をはたしたであろうこと、また、『古本説話集』や『河海抄』の『源氏物語』起筆伝承が何らかの史実にもとづいている可能性が高いことを証言している。

次に比叡山中堂奉納本だが、「光源氏物語本事」の割注によれば、これは上東門院つまり藤原彰子が比叡山中堂に奉納したものであるらしい。比叡山の中堂には根本中堂、西塔中堂（釈迦堂）、横川中堂と三つがあるが、おそらく彰子が奉納した先は横川中堂であったと思われる。長元四年（一〇三一）頃に彰子が写経と願文を比叡山横川に施入した事実が知られているからだ。ちなみに、「宇治十帖」に登場する「横川の僧都」のモデルとも言われる源信（九四二〜一〇一七年）は、横川を拠点として念仏信仰の実践と布教に励んでいる。この奉納本は、彰子の発願に拠っていることを考えれば、彼女に仕えた式部も制作に深く関係していたことが推察されよう。

残るは宇治宝蔵本だ。これは藤原頼通が永承七年（一〇五二）に創建した宇治平等院にあった巨大な経蔵に納められたものだろう。平等院の経蔵は経典の他に、空海が唐から将来したという愛染明王像、「元興寺」と名づけられた琵琶の名器など、天下の名宝が集めて納められたために「宇治の宝蔵」と称えられ、藤原摂関家の権勢のシンボルとなった。摂関に任じられて氏長者となった人物が経蔵の宝物を検分することがならいともなったという。

その蔵の中に、『源氏物語』の写本も摂関家の重宝として納められていたのである。その貴重な写本は、どのような由緒をもつものだったのだろうか。もとは道長の蔵書で、式部から贈られたものであったのか。だとすれば、式部自筆本だったのではないか――。

平等院は中世には兵火も浴びて荒廃が進み、数々の名宝も行方知れずとなってしまっている。その一方で、こんな話がまことしやかにささやかれるようになり、伝説化していったという。

「じつは宇治の宝蔵には、紫式部が書いた『雲隠』巻が密かに奉納されていたらしい……」

38 院政期には『源氏物語』が現実のモデルになった?

光源氏の華麗な舞姿

第七巻「紅葉賀」で、青年時代の光源氏が青海波の舞を舞うシーンは、『源氏物語』全体の中でもひときわ優美で華麗なものとして知られる。

桐壺帝の先々代の天皇で、今は朱雀院に住まう上皇の御賀（四十歳もしくは五十歳を祝う行事）として、帝が朱雀院に行幸し、舞楽の青海波が奉じられることになった。青海波は舞人二名が海波の様を模して舞うもので、四十人もの楽人を伴う。この楽人は垣のように円陣を作るので垣代と呼ばれる。主役である舞人を務めるのは、光源氏と頭中将であった。

そして行幸時の本番に先立ち、身重の藤壺をいたわろうという桐壺帝のはからいで、内裏清涼殿の前庭で試楽（公的な予行演習）が催されることになったのだが、このとき人びとの賞賛を浴びたのは、源氏であった。

源氏の足拍子、表情、詠を発する声の美しさは頭中将を圧倒し、帝や上達部、親王たちは感動のあまり涙をぬぐう。常よりも一層光り輝くようで、日ごろ源氏を忌々しく思っている弘徽殿女御（東宮の母）が「神など空にめでつべき容貌かな。うたてゆゆし」、つまり「神もとりこにしそうなほどきれいね、気味が悪いわ」と嫉妬まじりに感嘆するほどだった。源氏との子を身籠っていた藤壺も、複雑な思いをかかえつつ、優雅に舞う源氏の姿にすっかり魅了されてしまった。

朱雀院で催された本番でも、一同の賞賛の的となったのは、冠に挿頭をさして輝かしく舞う、空恐ろしいほどに美しい、源氏であった。そしてその夜、源氏は正三位に昇進する。

◎『源氏物語』を模した、院五十賀の青海波

史実を顧みると、『源氏物語』が書かれた十一世紀はじめまでに、院（上皇、法皇）の御賀のために青海波が舞われた記録はない。したがって、『源氏物語』における院の御賀での青海波は、現実世界にはモデルがない、完全なフィクションということになる。

ところが、『源氏物語』が広く読まれるようになると、『源氏物語』を模して、現

実世界の院の御賀において、青海波が舞われるようになる。

その初例は、康和四年（一一〇二）三月、京の南郊、鳥羽に新造された院御所で催された白河院の盛大な五十賀である。主催したのは当時二十四歳の堀河天皇（白河の皇子）と中宮篤子内親王で、試楽を含む予行演習やアンコール公演も繰り返し行われて、宮廷人を熱狂させたという。このときすでに摂関政治は衰退し、時代は院政期へ移行していた。

白河院五十賀での青海波に注目した国文学者の三田村雅子は、「堀河天皇は、源氏物語の桐壺帝がみずからの帝王としての覇権を樹立したことを示す記念碑的祭典として催した『朱雀院の御賀』を模して、白河院の五十賀を催そうとし」たのであり、試楽が本番並みに重視されたのは、『源氏物語』に準拠したからだろうと指摘している（『記憶の中の源氏物語』）。また、中宮篤子は舞見物にあたってみずからを藤壺に見立てていたのだという。

堀河天皇は、当時舞われることが稀になっていた青海波を復興させることで、「紅葉賀」巻に描かれた『源氏物語』の理想世界を、現実世界に再現させようとしたというのである。

そしてこれを範として、鳥羽院五十賀（一一五二年）、後白河院五十賀（一一七六年）、後嵯峨院五十賀の試楽（一二六八年）それぞれの折に、青海波が舞われた。院や天皇、臣下たちを興奮させた青海波の舞は、フィクションである『源氏物語』を故実として、宮廷社会の結束と繁栄をアピールする、政治的な祝典へと成長していったのだ。フィクションが史実をモデルとしたのではなく、史実がフィクションをモデルとしたわけである。

白河院政時代の源氏たち

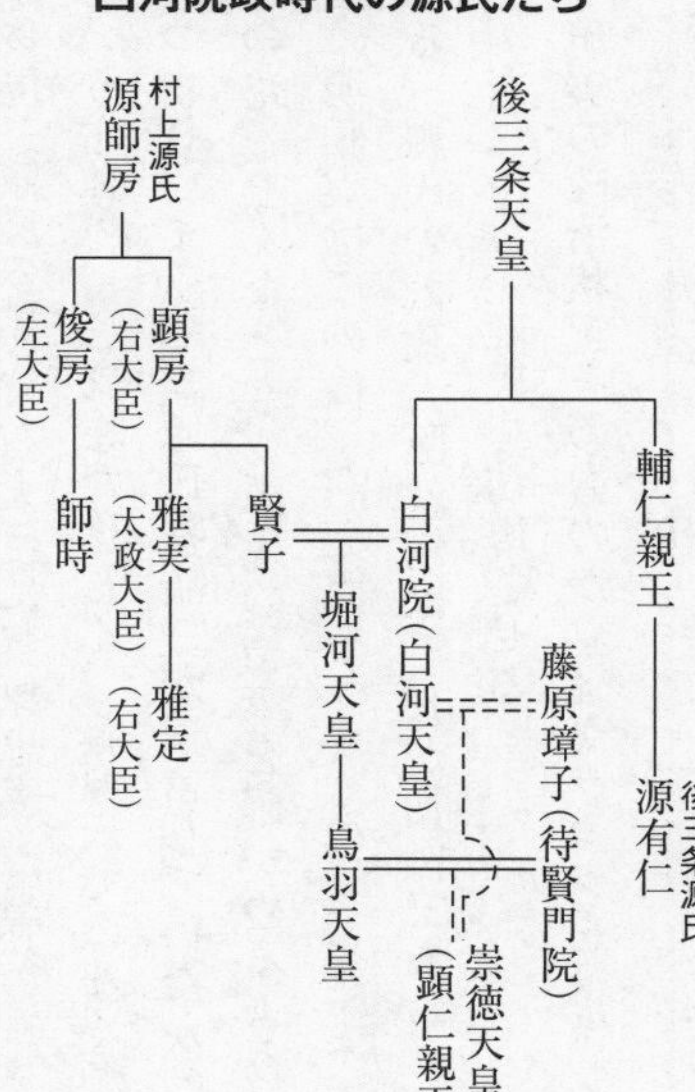

加えて面白いことに、康和四年の白河院五十賀に注目すると、堀河天皇は平安時代にあっては珍しく、藤原氏ではなく村上源氏出身の賢子（父は源顕房）を生母としていた。そして当時の廟堂を見ると、摂政・関白は置かれず、左大臣に

源俊房(としふさ)(顕房の兄)、右大臣に藤原忠実(ただざね)(道長の玄孫)、内大臣に源雅実(まさざね)(顕房の子)という布陣で、これまた珍しく、藤原氏ではなく源氏が優勢だった。

つまり、まるで『源氏物語』が予言していたかのように、源氏が隆盛しつつあったのだ。そんなとき、源氏の結束を確かめるようにして、院前で青海波が舞われた。源雅実はこの後、右大臣をへて、保安(ほうあん)三年(一一二二)には太政大臣に進んでいる。源氏の太政大臣就任はこれが初例である。彼は舞楽を得意としたというので、なにやら光源氏を彷彿(ほうふつ)させる。

現実の政治状況そのものがフィクションを模倣しようとしていたのである。

39 なぜ「国宝源氏物語絵巻」が描かれたのか?

複数のグループによる制作か

『源氏物語』を題材とした絵画は「源氏絵(げんじえ)」と総称される。一般に、『源氏物語』が十一世紀はじめに成立してからまもなく制作されるようになったと考えられているが、現存最古の源氏絵は「国宝源氏物語絵巻」であり、源氏絵の最高峰に位置づ

「源氏物語絵巻」（和田正尚による「国宝源氏物語絵巻」の模写、1911年、国立国会図書館蔵）より「柏木」巻の場面。源氏が複雑な表情で薫を抱き上げている。

けられている。

「国宝源氏物語絵巻」は、『源氏物語』から抜粋されたテキスト（「詞書」と言う）とそのテキストに対応する絵画を並べてゆくことによって構成されたもので、院政期の十二世紀はじめ〜なかばに成立したものと推定されている。ただし部分的にしか残っておらず、「蓬生」「関屋」「絵合」「柏木」「横笛」「竹河」「橋姫」「早蕨」「宿木」「東屋」を徳川美術館が、「鈴虫」「夕霧」「御法」を五島美術館が所蔵し、これらを総合すると、「詞書二十段＋絵画十九場面」となる（この他に詞書の断簡九種、「若紫」図断片が確認されている）。絵巻としては、徳川美術館本と五島美術館本とを合わせて四巻分となるが、全体としては元来は十巻あったとする説、十二巻とする説、二十巻とする説がある。

「国宝源氏物語絵巻」は王朝美の世界を描いた平安時代を代表する絵巻物であり、墨書きの下絵に彩色して緊密な画面を作り出す「作り絵」、屋内の様子を斜め上から俯瞰するように描き出す「吹抜屋台」、目を細い線で、鼻を短い鉤形に描いて顔を類型化させる「引目鉤鼻」など、大和絵の代表的な手法が駆使されている。また、仮名文字で書かれた流麗な詞書は平安時代の名筆とされている。

絵の作者については、十二世紀中頃に活躍した宮廷画家藤原隆能とする伝承があり、そのため絵巻自体が「隆能源氏」と呼ばれることもあった。しかし、現存本には画風や書風の相違がみられることなどから、現在では、絵も書も制作者は複数であり、いくつかのグループが分担して全体を制作したと考えられている。

◎詞書は現存最古の『源氏物語』本文テキスト

「国宝源氏物語絵巻」の詞書は、じつは現存最古の『源氏物語』の本文テキストであることでも注目されている。その制作年は、十三世紀前半に編纂された藤原定家の青表紙本より百年前後も古い。

ただし、すでに触れたように、現存する詞書は全体のごく一部であり、しかも描出された絵に合わせて伝本の本文テキストを抄出・改変したものとみられているため、『源氏物語』の本文テキストとしては極めて不完全である。

とはいえ、散逸した『源氏物語』原本のテキストを考証するうえでは、非常に貴重である。そのテキストは、青表紙本や河内本とは相違が多く、別本系統に属する国冬本（津守国冬筆と伝わる鎌倉時代末期成立の十二冊と、室町時代末期に補われた四十二冊からなる）に比較的近いと言われている。原本テキストにどれだけ近いかは判断できないが、絵巻が制作された十二世紀によく流布していたテキストがベースになっているのだろう。

絵巻制作の経緯については諸説が唱えられているが、平安時代後期の公卿源師時（村上源氏）の日記『長秋記』の元永二年（一一一九）十一月二十七日条にみえる、「待賢門院（鳥羽天皇中宮藤原璋子）から源有仁（後三条源氏）を介して源氏絵のための紙を作って献上するよう命じられ、さらに白河院（鳥羽天皇の祖父）からは画図の調進が命じられた」という記事を、「国宝源氏物語絵巻」と結びつける説がある。つまり、「国宝源氏物語絵巻」の制作は白河院・待賢門院によって企画され、源有仁・師時らの協力によって実行されたという見方だ。

光源氏と紫の上を意識した白河院と待賢門院

仮にこの説が正しいとして、では白河院・待賢門院の企画意図は何だったのか。

この説に立つ三田村雅子は、この元永二年の五月に待賢門院が鳥羽天皇の皇子として顕仁親王（後の崇徳天皇）を出産していることから、白河院はその出産祝いとして待賢門院に源氏絵を贈ろうとしたのだろうと指摘し、描く場面の選定などは『源氏物語』を愛読した待賢門院が行ったのではと推測している（『源氏物語絵巻の謎を読み解く』）。

また三田村は、調進の命令があった十一月二十七日時点で、直系の子孫に皇統を伝えようとしていた白河院にとって煙たい存在でありつづけた異母弟輔仁親王（後三条天皇の第三皇子）が危篤状態に陥っていて、翌日には死去していたことにも注目する。

白河院政の圧力によって、輔仁親王は久しく前から中央政界から排除されてはいたが、彼の子がこの年の八月に臣籍降下していた当時十七歳の源有仁であった。したがって、源氏の協力をあおいだ源氏物語絵巻の制作は、「天皇になれなかった皇子」＝光源氏になぞらえられる輔仁親王へ向けた慰撫（いぶ）や鎮魂の意味も帯びたのではないか、とも三田村は指摘する。前項で触れたが、「光源氏物語本事」によれば、輔仁親王は『源氏物語』の善本を所持していた人物である。

また、こうして制作された源氏物語絵巻では、光源氏と紫の上（むらさきのうえ）の関係が、白河院と待賢門院のそれになぞらえられていたとも考えられるという。源氏は紫の上を少女時代から愛育し、やがて妻とする。一方、白河院もまた待賢門院を幼い頃から引き取って愛育し、長じると愛人ともしていたらしい。

しかも白河院は、その愛人を孫にあたる鳥羽天皇のもとに入内（じゅだい）させているのだ。待賢門院が生んだ顕仁親王の実父は鳥羽天皇ではなく白河院だ、という噂はかなり早い頃から囁かれていた。その点では、白河院と待賢門院の関係は、密通した光源氏と藤壺、柏木と女三の宮（おんなさんのみや）のそれとも重なる。

「国宝源氏物語絵巻」の「柏木」巻の、女三の宮が生んだ不義の子薫（かおる）を光源氏が抱き上げる場面は、藤壺との許されぬ契りを思い起こす源氏の心の葛藤を表現していて、絵巻中でも屈指の名画として知られる。もしこの源氏の姿に、顕仁親王を「叔（お）

父子」（叔父である息子）と呼んで中宮の密通を察知していた鳥羽天皇の姿が投影されていたとしたら、『源氏物語』は予言書の役割をはたしていたことにもなろうか。

40 なぜ紫式部は地獄に堕ちたと信じられたのか？

紫式部は嘘を書き連ねた破戒者か

『源氏物語』の名が広く知れわたるようになる一方で、中世には、「作者の紫式部は地獄に堕ちて苦しんでいる」と信じる人も多くあらわれた。

鎌倉時代初期（十二世紀末頃）に編まれた仏教説話集の『宝物集』（七巻本）に、「源氏物語供養の事」と題された次のような話が紹介されている。

「最近のことだが、紫式部が〝虚言によって『源氏物語』を作った罪のために地獄に堕ち、苦患がしのびがたいので、早く『源氏物語』を破り捨て、一日経を書写して唱えてほしい〟と訴えるのを人びとが夢に見たそうだ。そのため、歌詠みたちが集まって一日経を書写して供養したらしい」（第四巻）

仏教の戒律の根幹に「不妄語戒」というものがある。端的に言えば、「嘘を言ってはならない」という戒めである。物語を書くということは、自分が見てもいないことを見たことのように書き、聞いてもいないことを聞いたことのように書くことであり、ある意味では嘘を書き連ねて人を騙すことである。

その点では、物語作者とは破戒者であり、堕地獄に値する。すこぶる長大で、煩悩まみれの男女の愛欲の世界を描いた『源氏物語』の作者なら、なおのことだ。——仏教が社会に浸透するなか、鎌倉初期にはこんな「紫式部堕地獄説」が信じられていた。この説話と同じような話は、おおむね同時代に編まれた『今物語』にもみられるので、かなり流布していたのだろう。

そんな紫式部を救うために「一日経」なるものが『源氏物語』を愛好する歌人たちによって書写されて唱えられ（おそらく和歌も詠まれ）、供養が行われたというのだが、この経名はじつは誤記で、「一品経」が正しい。十二世紀なかばに「源氏一品経」と呼ばれるテキストが作られ、これを用いて「源氏供養」が行われていたからだ。

源氏供養で唱えられた「源氏一品経」

「源氏一品経」は、永万二年（一一六六）頃に天台宗僧侶澄憲が作ったものと伝えられ、大原三千院蔵『拾珠抄』に収録されている。漢文で五百字余りからなるその内容は、大きくは三段に分けられる。

第一段では、仏典・儒典と物語の趣旨の違いが述べられたうえで、『落窪物語』から『源氏物語』まで、当時流布していた物語が十二種挙げられ、いずれも虚誕を宗となし、男女交合の道をただ語るばかりだと批判する。

第二段では、紫式部による『源氏物語』は古来の物語の中でもとくに秀逸であるだけに、読者に好色の思いを抱かせるので、それが罪障となって読者は地獄に堕ちてしまうと説かれる。しかもその昔、紫式部の亡霊が人の夢に現れて、自らの罪根の重きを告げたのだという。

第三段には、「ここに大施主禅定比丘尼が作者の亡霊と地獄に堕ちた読者を救わんがために、『法華経』二十八品を書写することを人びとに勧め、各巻の端に『源氏物語』一巻ごとの絵を描き、『法華経』各品に物語の各巻をあてる。そうすれば、艶詞は翻って真理を表現し、悟りの因となろう」といったことが述べられている。

第三段に登場する「禅定比丘尼」は、歌人藤原俊成の妻美福門院加賀（?〜一一九三年）のことをさすとする説がある。彼女は定家の母親でもある。「『法華経』各品に物語の各巻をあてる」というのは、『源氏物語』全五十四巻のうち、「桐壺」〜「竹河」巻を「並び」を本巻に含めることで全二十七巻とし（この場合は「若菜上」「若菜下」を一巻に数え、「雲隠」巻も一巻に数える）、残りの「橋姫」〜「夢浮橋」巻、いわゆる「宇治十帖」をまとめて一巻とし、これによって総計二十八巻ということにして、『法華経』二十八品に照応させたことをさすと考えられる。

そして、「一品経」の本来の意味は、二十八品がそれぞれ一巻ずつ二十八巻に分けて書写された『法華経』のことである。

つまり、「源氏一品経」とは、正確に言えば、『源氏物語』という狂言綺語におぼれて悪趣に沈んだ紫式部と読者への供養のために、すなわち源氏供養のために結縁者たちによって書写された『法華経』を仏前に奉納（あるいは読誦）する際に、改めて作られた願文のことであり、表白である。源氏供養に用いられた『法華経』経巻のことも、「源氏一品経」と称したのかもしれない。そして源氏供養では『源氏物語』が『法華経』に見立てられ、これによって、愛欲の世界を描いた『源氏物語』が菩提の因へと変じるとされたのだろう。

その一大供養を最初に発願したのが「禅定比丘尼」であった。

『宝物集』や『今物語』にみられる紫式部堕地獄説は、鎌倉時代には源氏供養が盛んに行われるようになっていたことを伝えている。

◉観音の化身とも信じられた紫式部

「源氏一品経」と同趣旨の願文に、仮名交じり文で書かれた「源氏供養表白」がある。『源氏物語』の巻名が仏教教理をからませて次々に読み込まれているところが特色で、冒頭はこうだ。

「桐壺の夕の煙速かに法性の空にいたり、帚木の夜の言の葉遂に覚樹の花を開かん……」

終わりの方は、「願はくば、狂言綺語のあやまちをひるがへして、紫式部が六趣苦患を救ひ給へ。南無当来導師弥勒慈尊……」となっていて、仏縁を祈っている。

この表白の作者は、「源氏一品経」の作者澄憲の子聖覚と伝えられている。これを物語風の縁起にした、室町時代の作かという「源氏供養草子」というものもあり、そこでは、聖覚のもとを「中関白の娘」が訪れ、源氏供養を依頼するという筋書きになっている。

「源氏一品経」「源氏供養表白」を作ったという澄憲・聖覚父子は、京都一条の北（京都市上京区前之町付近）にあった安居院という寺院を拠点に唱導にはげんで説教の名手と謳われ、安居院流という法流の始祖ともなっている。源氏供養は安居院流の唱導の隆盛と深く相関していたのだ。

安居院は戦国時代には廃絶しているが、跡地近くには紫式部の墓と伝えられる地があり、小さな土盛りの上に五輪塔が置かれている。式部の墓ということにはなっているが、真実には、源氏供養に従事する安居院流の唱導者たちによって築かれた、式部の供養塔だったのではないだろうか。

紫式部堕地獄説が広まる一方で、これを批判する流れも同時期に生じていた。歴史物語『今鏡』（一一七〇年成立）では、仏が譬喩によって法を説いたことを例に、物語は必ずしも虚妄ではなく、紫式部はただ人ではない、妙音菩薩・観音菩薩の化身ではないか、などと弁じられている。紫式部観音化身説である。鎌倉時代初期の物語評論書『無名草子』に至っては、「前世の因縁にでもよらなければ、『源氏物語』のような優れた物語は作れそうもない。きっと仏が力を貸したのだろう」と絶賛する。この流れはやがて、式部が石山寺の観音の霊験で『源氏物語』をものしたという伝説に結実してゆくのである。

堕地獄説にしろ、観音化身説にしろ、それが生じたのは、『源氏物語』がとても人間業とは思えない優れた文芸作品であったがゆえなのだろう。

41 中世に書かれた『源氏物語』の擬作とは？

◎「夢浮橋」の続編として補作された『山路の露』

『源氏物語』の最終巻「夢浮橋」は、薫と浮舟の恋の終盤を描く。そして物語はついに大団円を迎えるのだが、それは深い余韻をたたえるものになってはいるものの、ある意味では随分とそっけない。人によっては、「えっ、これでおしまい？」と肩透かしを食らったような思いを抱くのではないだろうか。「作者はこの先も書きつづけるつもりだったが、病気や死によってそれが叶わなかったのでは」とみる向きすらある。

それはともかく、読者に消化不良感を催させる要素をもつラストであることは否めない。

昔もそう感じた読者は少なくなかったらしく、その埋め合わせということなのか、鎌倉時代には「夢浮橋」の続編を意図して『山路の露』と題された一書が何者かによって書かれ、テキストが現存している。それはつまり、『源氏物語』の読者によって書かれた『源氏物語』の補作であり、擬作である。今風に言えば、二次創作だ。

「これはかの光源氏の子孫の薫に関わる話なので、（『源氏物語』の「夢浮橋」巻の）続きのようになってしまって、とても気恥ずかしいのですが……」という前口上ではじまる『山路の露』は、「夢浮橋」では結局結ばれることのなかった薫と浮舟の、小野の里での再会を描いている。浮舟は、娘は亡くなったと思っていた母親とも再会をはたしている。

しかし物語は、薫と浮舟の関係がさらに進展する気配をみせないままに、終わってしまう。結局は「夢浮橋」巻のラストからさほど話が展開しないので、蛇足といえば蛇足であろう。

作者については、平安時代末に『源氏物語』の注釈書『源氏釈』を書いた藤原（世尊寺）伊行、あるいはその娘の建礼門院右京大夫とする説があるが、確証はない。国文学者今西祐一郎は、文永八年（一二七一）成立の物語歌集『風葉和歌集』などに言及がみられないことから、これ以後の成立ではないかと推測している（『源氏物語補作　山路の露・雲隠六帖　他二篇』の解題）。

作品のタイトルは、小野への山道を踏み分けて浮舟を訪ねた薫が、心を開こうとしない浮舟に向けて詠んだ和歌、「思ひやれ山路の露にそぼち来て　また分け帰る暁の袖」から採られている。

光源氏の最期を描いた『雲隠六帖』

第三章で、成立初期の『源氏物語』に「巣守」「桜人」「ひわりこ」といった幻の巻が存在していた可能性について触れたが（193ページ参照）、これらもまた、平安時代末から鎌倉時代にかけて書かれた『源氏物語』の擬作であった可能性がある。しかし、テキストはほぼ散逸していて、内容を詳らかに知ることはできない。

『山路の露』以外で、明確な『源氏物語』の擬作として現存するものとしては、室町時代に書かれたとみられる『雲隠六帖』が知られている。

六帖（六巻）から構成されるもので、まず最初の「雲隠」では、本編では曖昧になっていた光源氏の出家や死が語られる。光源氏は六条院を出奔し、西山で仏道に精進する兄朱雀院のもとに赴き、朱雀院が亡くなると源氏も出家し、やがて姿を消してしまう。原本ではタイトルのみの「雲隠」巻の内容を補おうとするものになっている。

続く「巣守」「桜人」「法の師」「雲雀子」「八橋」の五巻は、「宇治十帖」（第四十五巻「橋姫」〜第五十四巻「夢浮橋」）の後日譚になっているのだが、面白いことに、今上帝が匂宮に譲位し、匂宮が天皇になっている。そして宇治の中の君は皇后に立てられ、薫は内大臣となり、出家していた浮舟を小野から京に迎えて還俗させ、妻としている。しかし、匂宮と中の君の子や中の君が急逝してしまうと、世の無常を感じた薫は浮舟を出家させ、自分もそのあとを追う。そして匂宮もまた出家を志すも、上人に諫められるところで物語は終わっている。

「巣守」以下の巻名には『源氏物語』古系図にみえる失伝巻と一致するものがある

が、もちろん両者はそれぞれ区別されるべきもので、むしろ幻の巻の巻名に仮託して創作されたのが『雲隠六帖』だったとみるべきだろう。その成立について、跋文は「紫式部が書いて石山寺の宝殿に奉納し、室町時代に霊夢によって見出された」と記すが、もちろん信用できず、通説は室町時代の擬作とみる。

六巻構成となっているのは、本編五十四巻と合わせて六十巻にしようとしたためと考えられる。『源氏物語』を六十巻に数えようとすることは平安時代末の『今鏡』や鎌倉時代初期の『無名草子』などにすでにみえるが、これは天台宗所依の経典が六十巻であることに合わせようとしたものだ。

そもそも、室町時代に『雲隠六帖』が書かれたのは、仏教色が濃いその内容を考慮すれば、天台六十巻に合わせて現実に『源氏物語』を全六十巻に仕立てることが第一の目的だった、と考えられなくもない。これを本編五十四巻と区別せずに合わせて読んだ人もいただろうが、話の展開などには本編と比べて稚拙さが目につく。

この他の特筆すべき擬作には、江戸時代の国学者本居宣長による『手枕』（一七九二年刊行）がある。本編に光源氏と六条御息所の馴れ初めが書かれていないことを不審に思った宣長は、二人の関係の由来を描き出そうと、みずから筆をとった。そして完成したのが『手枕』で、第三巻「空蟬（うつせみ）」と第四巻「夕顔（ゆうがお）」の間に置かれることが想定されている。文体は確かに『源氏物語』風で、いかにも『源氏物語』に挿入されていそうな典雅さを漂わせてはいるものの、ストーリーは単調で、小説としては凡庸である。

このような擬作・補作が試みられたことは、『源氏物語』五十四巻が必ずしも完璧な構成ではなく、内容に分裂や断層があることの裏返しでもあろう。

42 なぜ足利義満は北山に金閣寺を建てたのか？

『源氏物語』の聖地となった「北山（きたやま）」

瘧病（わらわやみ）（マラリア性の熱病）に悩んだ光源氏は、修行僧の祈禱（きとう）を受けるために北山（きたやま）にある「なにがし寺」に赴くが、そこで尼僧に養育されていた可憐な美少女を見かける。それが、光源氏と紫の上の出会いだった（第五巻「若紫」）。

実名がぼかされているが、源氏が紫の上を見初めた場所である「北山のなにがし寺」のモデルをめぐっては、古来、議論があった。「北山」は平安京の北方に連なる山並みを総称する漠然とした地名だが、「なにがし寺」については鞍馬山の鞍馬寺とする説が南北朝時代以来有名で、比較的近年では岩倉の大雲寺のことと考証する説（角田文衞）が注目された。

もっとも、フィクションなのだから、作者は複数の実在する寺院のイメージを複合させたとか、全くの架空などとみてもかまわないはずだが、さかのぼって鎌倉時代では、これらとは全く別の場所が「北山のなにがし寺」の故地とみなされ、『源氏物語』ゆかりの聖地としてもてはやされていたらしい。

その場所とは京都市北区の衣笠山の北東麓付近で、かつては西園寺という寺院が建っていた。本来、北山と言えばこのあたりのことを指していたとも言われ、江戸時代には大北山村となっていた。つまり、狭義の「北山」である。以下では、わかりやすくするためにこの狭義の北山の地を〈北山〉と表記したい。

鎌倉時代を描く歴史物語『増鏡』（十四世紀後半成立）によると、〈北山〉はもとは仲資王（白川伯王家）の領地だったが、このあたりは光源氏が瘧病の治療に赴いた場所にあたると言われていた。そこを太政大臣藤原（西園寺）公経（一一七一～一二四四年）が入手し、立派な寺院を造営して西園寺と名づけたという。

公経は寺院の他に山荘も建て、これらは北山殿と総称されることになる。史書『百錬抄』によれば、元仁元年（一二二四）には、西園寺の落慶供養とおぼしき法要が盛大に執り行われている。

このことから、公経の一族は「西園寺」を家名に用いるようになるのだが、西園寺家自体は藤原北家閑院流に属し、公経より三代さかのぼって通季（一〇九〇～一一二八年）を家祖とする。鎌倉時代、源頼朝の姪を妻とした公経が幕府に信任されたことから朝廷で勢威を振るうようになり、大臣が輩出して摂関家に次ぐ存在となる。後深草天皇・亀山天皇の外戚にもなっている。

『増鏡』は、公経は「夢見」をきっかけに寺院を建てたと記すも、その夢がどんなものであったかは述べていない。しかし、文脈からすれば、それが『源氏物語』がらみのものであったであろうことは想像できる。おそらく公経は『源氏物語』を愛好していて、光源氏や紫の上が現れる夢を見たことを契機に、自身の財力と権勢にものを言わせて、当時「若紫」巻の舞台と信じられていた『源氏物語』の〝聖地〟を取得し、北山殿を建てたのだろう。北山殿は広壮で、庭園には広い池や滝がつくられていたというので、源氏の六条院を意識していたのかもしれない。三田村雅子の言葉を拝借するなら、そこは『源氏物語』のテーマパークであった（『記憶の中の源氏物語』）。

ところで、閑院流の祖藤原公季（九五七～一〇二九年）には、山寺に出向いて叡実という持経者から瘧病の治療を受けたという逸話が伝えられている（『今昔物語集』『宇治拾遺物語』）。源氏の北山行きを彷彿させる話だが、『源氏物語』中の「北山のなにがし寺」と〈北山〉の西園寺を結びつける記事にはじめて注目した今西祐一郎は、公経は遠祖公季を光源氏のモデルとみなしたため、また〈北山〉が叡実の山寺があった場所とも信じられていたため、公季と自分をも含めた閑院流一門の顕彰の意も兼ねて、北山殿を造営したのではないかと論じている（『源氏物語覚書』）。興味深い見方である。

自身を光源氏に擬した足利義満

文保二年（一三一八）に即位した後醍醐天皇は、中宮が西園寺禧子だったこともあって、頻繁に西園寺家の北山殿に行幸している。元徳三年（一三三一）三月の行幸には主だった公卿も参列して青海波が盛大に舞われ、『源氏物語』の世界が再現された。『河海抄』序文によれば、内裏に学者を集めて講釈をさせるほど、後醍醐天皇は『源氏物語』に深い関心をもっていた。

このとき天皇はすでに鎌倉幕府打倒の計画を立てていたようだが、翌四月には計画が幕府に密告される。天皇は笠置に逃れるも捕らえられ、翌年隠岐に流されてしまった（元弘の変）。隠岐を脱出して京都に帰還し、建武の新政をはじめるのはこの翌年である。

その新政も二年余りで頓挫し、いよいよ南北朝の争乱がはじまるのだが、足利氏が開いた室町幕府を後ろ盾とした北朝の天皇たちもまた、北山行幸を繰り返している。

しかしこの頃になると西園寺家は衰え、建物も荒廃していた。そこで〈北山〉を接収して再興したのが、南北朝争乱を終結させた足利義満であった。応永四年（一三九七）、すでに将軍も太政大臣も辞して出家していた義満は、西園寺家から〈北山〉を譲り受けると、新たに壮麗な北山殿を巨費を投じて造営し、晩年の約十年をここで過ごしている。

義満の北山殿の中心は彼の居所である北御所で、中央には山側を背にして南面する格好で寝殿があり、その東側に七重大塔がそびえたち、西側には天鏡閣（てんきょうかく）と舎利（しゃり）殿（でん）があった。舎利殿は三層で、内外に金箔（きんぱく）が貼られ、天鏡閣とは二階造りの廊下で結ばれていた。

公家（くげ）文化に憧れ、天皇になる野望を抱いていたとも言われる義満が『源氏物語』をどの程度読んでいたかは不明である。しかし、彼もまた〈北山〉を『源氏物語』の聖地とみなし、清和（せいわ）源氏の末裔でもあった自身を光源氏に擬していたからこそ、この地に六条院にも比すべき、あるいはそれを凌駕する規模の大邸宅を築いたのではないだろうか。

応永十五年（一四〇八）三月、当時三十二歳の後小松（ごこまつ）天皇が北山殿に行幸し、五十一歳の義満がこれを出迎えた。その姿は第三十三巻「藤裏葉（ふじのうらば）」で、准太上天皇（じゅんだいじょうてんのう）となった光源氏が六条院にて冷泉帝（れいぜいのみかど）の行幸を迎える場面とも重なる。後小松天皇は義満夫人の日野康子（やすこ）を准母（じゅんぼ）としていたので、義満は天皇の〝准父〟に相当し、この点でも義満と後小松の関係は光源氏と冷泉帝の関係にたとえることができる。

ここに義満は人生絶頂の時を迎えたが、五月に急逝。北山殿は義満の遺言にしたがって舎利殿（金閣）を中心とした禅寺に改められた。これが鹿苑寺（ろくおんじ）、通称金閣寺のはじまりである。

43 幻の写本「阿仏尼本」とは？

『源氏物語』講義の「女あるじ」とされた阿仏尼

中世の代表的な女性紀行文学『十六夜日記』の著者として、また鎌倉時代中期の女流歌人として知られる阿仏尼（？〜一二八三年）は、『源氏物語』に造詣が深い女性でもあった。

阿仏尼の父母は不詳だが、彼女は若くして安嘉門院（高倉天皇皇子守貞親王の娘）に仕えた。しかし、何らかの事情で退き、シングルマザーとなったり、尼寺である奈良の法華寺に身を寄せるなどして、苦渋の時期を過ごした。出家したのは若年の頃とも言われるが、はっきりしない。

その後、『源氏物語』書写を手伝うため、藤原定家の孫娘（後嵯峨院大納言典侍）のもとに招かれる（『源承和歌口伝』）。すると、これが縁で典侍の父為家（一一九八〜一二七五年）と知り合い、やがて恋に落ちて側室となった。建長五年（一二五三）頃、阿仏尼三十過ぎの頃のことと考えられている。為家は歌人で、定家の子であり、歌道を伝える御子左家の嫡男である。阿仏尼は三子を生み、嵯峨の山荘で為家とともに暮らした。

やがて為家・阿仏尼夫婦は『源氏物語』研究の大家として知られるようになった。歌人飛鳥井雅有（一二四一～一三〇一年）の日記『嵯峨のかよひ路』によれば、文永六年（一二六九）、彼は『源氏物語』の講義を受けるため、嵯峨の二人のもとへ二カ月あまりにわたって連日のように通っている。このとき阿仏尼は「女あるじ」として『源氏物語』を独特の声調で読み上げ、雅有を感嘆させている。実質的な講師は、高齢の為家ではなく、阿仏尼であったのかもしれない。

持ち主を転々とした末、行方不明となった阿仏尼本

阿仏尼は、『源氏物語』の良質な写本を作成していたとも言われている。その根拠の一つは『源氏物語』の古注釈書『紫明抄』（十三世紀末成立）である。同書の「夕顔」巻の「かの右近をめして……」の項に「阿仏御前が持っている写本は藤原俊成（定家の父）の写本と異なり……」という形で、阿仏尼のもとに重要な写本が

存在していたことが示唆されているのだ。

その写本は、飛鳥井雅有への講義で用いられたものであったのかもしれない。あるいは、彼女が後嵯峨院大納言典侍のもとで作成を手伝った『源氏物語』写本に関連するものであったのかもしれない。阿仏尼一人によるものではなく、複数の人間が作成に関わった可能性もあるが、ここではそれを便宜的に「阿仏尼本」と呼ぶことにしたい。

阿仏尼の夫為家や典侍は、定家の近親である。このことを考慮すれば、阿仏尼本のテキストが定家の青表紙本（青表紙原本）と非常に近いものであったことは容易に想像されるし、青表紙本をさかのぼるより古い伝本に拠っていた可能性すら考えることができよう。紫式部自筆本にきわめて近接する貴重なテキストであったかもしれないのだ。

しかし、中世における阿仏尼本の消息はほぼ不明である。江戸時代には紀州徳川家のものとなっていたことは間違いなく、明治維新後も引き続き同家が所蔵した。大正末には国文学者の武田祐吉がこれを調査して校合本を作るということはあったようだが（その校合本テキストは、昭和戦後に刊行されて普及した岩波日本古典文学大系の山岸徳平校注『源氏物語』の頭注・補注に間接的な形で活かされている)、昭和に入ると売りに出されたうえに戦争の混乱などもあって散逸し、行方不明となってしまった。武田の校合本も同様だ。

阿仏尼本は「幻の写本」となってしまったのである。

◎奇跡的に再発見された阿仏尼本「帚木」巻

ところが、昭和四十年代になって、阿仏尼本の一部とみられる古写本の存在が明らかとなった。それは東洋大学附属図書館が所蔵する「帚木」巻の古写本で、上掛けの白紙には「阿仏筆源氏物語/伏見宮安宮照子殿下明暦三年十一月廿六日/紀伊中納言光貞卿へ御降嫁之節御持込」と書かれてあった。当初はあまり注目されなかったが、平成に入ると〝再発見〟されて研究が進み、現在では阿仏尼本であることが確実視されている。

阿仏尼本の伝来過程についても活発な議論が行われるようになったが、論者の一人である国文学者の上原作和は調査・考証を踏まえて、流転の歴史をおよそ次のように推定している(『光源氏物語傳來史』)。

阿仏尼本は鎌倉時代に伏見天皇もしくはその父後深草院（ごふかくさいん）へ、あるいは後年に伏見天皇ゆかりの伏見宮へ献上された（いずれにしろ、最終的には伏見宮家の所有に帰した）。江戸時代の明暦三年（一六五七）、紀州徳川家第二代光貞のもとに伏見宮照子が降嫁した際、これを嫁入り本として持参。その後、紀伊から江戸藩邸への照子の転居にともなって江戸へ移された。

明治時代には紀州徳川家の私設図書館「南葵文庫（なんき）」に移され、大正十二年（一九二三）の大震災後は貴重書として同家の手許に置かれたが、経済的事情などにより昭和二年（一九二七）に売立に出され、神戸在住のイギリス国籍貿易商N・H・モディが落札。ところが、モディは昭和十九年（一九四四）に死去してしまう。阿仏尼本を含む彼のコレクションは神戸の森本倉庫に置かれたままとなったが、昭和二十年（一九四五）三月と六月の神戸空襲で焼失してしまった。

ただし、モディが落札したのは阿仏尼本の全巻ではなかった。「帚木」を含む数冊は売立時に武田祐吉に貸し出されていたために売却を免れていたのだ。そしてそれは、紀州徳川家に返却されると南葵文庫主事を務めた高木文に譲られ、彼の蔵書となる。それもやがて散逸してしまうのだが、経緯は不詳ながら、そのうちの「帚木」巻のみ昭和四十一年（一九六六）の古書売立会に出品され、東洋大学が落札した――。

こう推定する上原は、阿仏尼本「帚木」巻のテキストについては、「古伝系別本中の一本であり、青表紙本の宗本（アーキタイプ）の可能性が濃厚である」としている。

モディが所持していた頃、このことを知った『源氏物語』研究の権威、池田亀鑑（きかん）がわざわざ東京から神戸へやって来てモディのもとを訪ねたが、結局見せてもらえなかったという。戦後にこのことを追想した池田は、こう書き残している。

「あの国宝的な源氏物語の写本は、今どこにあるだらうか。無事に戦火からのがれて、どこかに現存してゐるだらうか、それとも焼けてしまつたらうか、その行方と運命を誰が知つてゐるだらうか」（『花を折る』）

44 中世に流行した「源氏伝授」とは？

秘説化していった「揚名介（ようめいのすけ）」の解釈

光源氏は、病気見舞いに五条あたりにあった乳母の家を訪れると、これをきっかけに、その隣に隠れるようにして住んでいた夕顔を知る。彼女の素性に関心をもった源氏は、乳母の家の宿守（やどもり）を召して尋ねるが、宿守は、「隣家は〝揚名介（ようめいのすけ）なる人の家〟だったが、主人は田舎に出かけていて、夕顔のことはよく知らない」と答えた。

これは、第四巻「夕顔」の比較的はじめの方に出てくる、一見すると何の変哲もないエピソードである。とはいえ、たいていの読者は「揚名介」という言葉につまずくだろうが、現在出版されている『源氏物語』なら、この言葉に対して「国司（こくし）の名誉職。名目だけで実際の職務も俸禄（ほうろく）もない」といったような注釈が施されているはずだ。「介」は長官である「守（かみ）」に次ぐ地位なので、現代風に言えば、「名誉副知事」とでも言うべき一種の称号である。

ところが、中世には「揚名介」の解釈をめぐって異説が生じるようになり、注釈者・研究者によって「じつは～という意味である」「いや、じつは～という意味だ」などと論じられるようになった。当初から名誉職だった「揚名介」が早くから廃れ、実態がよくわからなくなってしまっていたからだろう。

しかも奇妙なことに、それぞれの説は師匠格の人間から弟子筋の人にだけ口伝される〝秘説〟と化していった。密教や武道における「奥義」「奥伝」のようなもので、それは注釈者・研究者を権威づけるものとしても機能した。

揚名介の解釈が秘説化されていた様子を、具体的にみてみよう。

『原中最秘抄』は、河内本を編纂した源光行・親行父子による『源氏物語』注釈書『水原抄』を抄録し、さらに解説を加えたもので、南北朝時代の貞治三年（一三六四）の成立だが、この書の「揚名介」の項に、内大臣を務めた摂関家の九条基家（一二〇三〜一二八〇年）が語ったこととして、こんなことが記されている。

「揚名介のことは摂関家の秘事である。兄道家が、九条良経（道家の父）や藤原師家からそれぞれ説を相伝した。だがそのあと、藤原為家（定家の嫡子）に揚名介を含む七つの疑問を尋ねたところ、揚名介の一事は秘説なので公開できないと断られた」

つまり、定家の血を継いで歌道と「源氏学」を伝える御子左家には、摂関家にも易々と教えることができない、『源氏物語』に関する門外不出の秘伝があったというのだ。

さらに『原中最秘抄』は、揚名介については他にいくつも秘説が流布しているが、当家（源親行）の秘説は特別な秘事なので「別紙」に記すとしていて、いたずらに公開することは拒んでいる。

『源氏物語』の秘説の代表的なものとしては、揚名介の他に、「子の子の餅」（第九巻「葵」）と「宿直物の袋」（第十巻「賢木」）に関するものがあり、これらを合わせて「三箇の大事」「三箇の秘事」などと言う。秘説を七つにまとめる場合や十五にまとめる場合もあった。

このような『源氏物語』の秘説を師弟関係を通じて伝授することを「源氏伝授」と呼ぶ。

室町時代に隆盛した「源氏伝授」

源氏伝授というシステムが生じた背景には、一つには、平安時代末の『源氏釈』をはじめとして、『源氏物語』の注釈書が盛んに書かれるようになったことが挙げられる。そこでは本文語句に対する解釈に加えて、出典・準拠などが細かく考証された。こうした注釈が積み重なるなかで、難解な語句の注釈に関しては、もったいを付けるような形で秘説化が生じていったのだろう。

また、歌道において行われていた「古今伝授」の影響も考えられる。

古今伝授とは、『古今和歌集』の解釈を中心に、歌学やそれに関連する諸説を、秘伝として師から弟子へと伝授することである。その萌芽は平安時代末にはあったらしく、藤原俊成（定家の父）は藤原基俊から古今伝授を受けたという。室町時代になると伝授の形式が定型化する。弟子はまず秘伝を守ることを誓う誓状を提出し、次に『古今和歌集』の講釈を受け、さらに筆記した聞書きを整理して師のチェックを受けるなどのプロセスをへて、最後に秘事が記された切紙が伝授される。

俊成の名言に「源氏見ざる歌詠みは遺恨の事なり」というものがあるが、中世には『源氏物語』は歌人必読の書とされていた。このこととも相俟って、歌道の古今伝授を模倣するようにして、源氏伝授が成立したのだろう。

源氏伝授も室町時代には整理が進み、京都が応仁の乱のさなかにあった文明五年（一四七三）頃には、一条兼良が避難先の奈良で秘説を十五項目にまとめた『源語秘訣』を著している。兼良は摂政・関白・太政大臣も歴任した公卿だが、有職故実に通じ、和歌や古典研究にも優れた当代一の学者としても知られ、『花鳥余情』という『源氏物語』注釈書も書いている。

『源語秘訣』は、『花鳥余情』では「秘訣」として記さなかったことをまとめたものので、源氏伝授の際に授受される秘伝書のようなものだったと考えられる。揚名介についてはこう解説されている。

「揚名はたゞ名ばかりといふこゝろなり。たとへば、其官になりたれども、職掌もなく、得分もなきをいへり」

「秘訣」というわりには、取り立てて変わったこともなさそうな内容ではある。

45 信長・秀吉・家康は『源氏物語』を読んだのか？

信長が謙信に贈った「源氏物語屏風」

京都市中と郊外の名所・風俗を描く「洛中洛外図」の最高傑作とされる狩野永徳画「上杉本洛中洛外図屏風」（国宝）は、天正二年（一五七四）に織田信長から上杉謙信へ贈られたものとしてよく知られている。前年に将軍足利義昭を京都から追放して室町幕府を倒していた信長は、越後の謙信とは一時的に同盟を結んでいたので、その証しとして豪華な屏風をプレゼントしたのだろう。

あまり知られていないが、上杉家の記録によると、このとき「洛中洛外図屏風」とあわせて「源氏物語屏風」も贈られていた（三田村雅子『記憶の中の源氏物語』）。その「源氏物語屏風」の現存は確認されていないが、やはり狩野永徳によるもので、非常に美麗なものだったという。八条宮家旧蔵の伝狩野永徳画「源氏物語図屏風」（宮内庁三の丸尚蔵館蔵）をこの屏風にあてる説があるが、同図では、左隻に「若紫」巻の場面が、右隻に「蜻蛉」「常夏」の各巻などの場面が描かれている。ちなみに、永徳は安土城や大坂城、聚楽第などの障壁画も描いた、狩野派の名絵師である。

信長が『源氏物語』をどれだけ読んでいたかは不明だが、戦国大名たちもまた雅やかな宮廷文化に憧憬を抱いていたことを示すエピソードである。それとも、すでに都を押さえていた信長は、ライバルでもあった謙信にそのことを暗に誇示するために、都を象徴する二双の屏風を送りつけたのだろうか。

しかし、信長・謙信の同盟は二年後の天正四年（一五七六）には早くも無実化し、両者は戦を交えることになった。

源氏物語入門書を書写していた秀吉

信長は天正十年（一五八二）の本能寺の変であえなく斃れるが、彼のあとを継ぐようにして天下統一をはたした豊臣秀吉は、明らかに『源氏物語』に強い関心をもっていた。

専修大学が所蔵する古書に『源氏物語のおこり』というものがある。『源氏物語』の起源伝承などを記したもので、原本の成立は南北朝時代とみられる「源氏物語入門」的な小冊子だが、これを納めた箱の蓋には「太閤秀吉公御筆」と墨書されている。つまり、冊子を筆写したのは秀吉だというのである。

奥書などから、この書の成立経緯は次のように推測されている。

筆写の元になった本の所有者は藤原北家の本流にして五摂家筆頭の近衛家の息女慶福院で、彼女は天正十五年（一五八七）にこれを秀吉の正妻北政所（ねね）の侍女「ちゃあ」（茶々と呼ばれた秀吉の側室淀君とは別人とされる）に贈った。ところが、これを秀吉が盗み出し、面白がって書写した。

推測交じりの由来ではあるが、写本の筆跡は秀吉の真筆と認めてよいとされている。ちなみに、秀吉は天正十三年（一五八五）に近衛前久（慶福院の兄弟）の猶子として関白となり、翌十四年には豊臣に改姓して太政大臣も兼任している。

貧しい農民の生まれである秀吉は、満足な教育を受けずに戦国武将として生き抜いてきたが、それだけに、功成り名遂げると教養や貴族文化への執心が強く生じ、『源氏物語』にも惹きつけられていったのだろうか。

源氏伝授を受けていた家康

秀吉に比べると、徳川家康の『源氏物語』への関心はかなり本格的なものだった。

三田村雅子『記憶の中の源氏物語』によれば、家康は慶長十九年（一六一四）七月から翌元和元年（一六一五）八月にかけて、四回に分けて源氏伝授を受けている。当時、すでに七十歳を超えていた。

家康は慶長十年（一六〇五）には将軍職を子の秀忠に譲っていたが、慶長十九年十一月には大坂冬の陣を起こし、翌年四月にはじまった夏の陣ではついに大坂城を落とし、豊臣家を滅亡させている。天下統一の総仕上げを行う最中に、家康は『源氏物語』の奥義を得ようとしていたのだ。

四回目の源氏伝授は最も本格的なもので、古典学者として知られる中院通村（なかのいんみちむら）を招いて京都の二条城で行われた。中院家は村上源氏の分かれである。

通村はまず『源氏物語』の講釈を行った。このとき家康は首巻「桐壺」からの講釈を求めたが、通村は第二十三巻「初音（はつね）」から行うことを進言し、冒頭の朗読を願い出た。公家たちの間では、桐壺更衣（きりつぼのこうい）の死が描かれる「桐壺」巻を避けて、六条院ではじめて迎える新春の情景からはじまる「初音」巻を朗読することが正月の恒例行事になっていたらしいが、それにならおうとしたのだろう。納得した家康は「年たちかへる朝（あした）の空のけしき、なごりなく……」と読みはじめたが、その声は「事外（ことのほか）高声也」（『中院通村日記』元和元年七月二十日条）だったという。「高声」という語には「高い声」と「大きい声」の両義があるが、天下の大将軍の声ははたしてどちらだったのか。ちょっと気になるところではある。

家康は『源氏物語』の良質の古写本も集めていて、名古屋市蓬左（ほうさ）文庫が所蔵する全巻揃いの河内本の善本「尾州家（びしゅうけ）河内本源氏物語」は、家康が尾張（おわり）徳川家の祖義直（よしなお）（家康の九男）に譲ったものと言われている。

「国宝源氏物語絵巻」についても、大坂城落城時に家康が奪取し、それが尾張徳川家に伝えられたとする伝承があるが（ということは、一時は豊臣家が所有していたことになる）、これは確証がある話ではない。しかし、具体的な時期は不明ながら、江戸時代にはこの名品が尾張徳川家の所有に帰し、最終的に徳川美術館のものとなったことは、神君家康の『源氏物語』愛好と決して無関係ではないはずである。近年発見されて話題を呼んだ定家本原本の「若紫」巻（34ページ参照）が江戸時代には徳川将軍家に伝えられていたらしいことも、同様だろう。

家康は清和源氏の一流新田源氏の後裔を称し、慶長八年（一六〇三）の征夷大将軍就任時には源氏長者の地位にも就いている。家康は源氏の一員であることを意識して『源氏物語』を読み、光源氏の姿に源氏将軍の理想像を見出そうとしていたのではないだろうか。

46 本居宣長が説いた「もののあわれ」とは？

江戸時代の出版文化によって庶民階級にも広まる

『源氏物語』は室町時代には、和歌だけでなく、この時代に流行した連歌にも影響を及ぼし、連歌師たちは盛んに『源氏物語』を読み、創作の源泉とした。室町時代を代表する連歌師である宗祇（一四二一～一五〇二年）は『源氏物語』にも通じ、注釈書ものこしている。宗祇をはじめとする連歌師はしばしば諸国を旅して各地の有力者と交流したが、このことは地方の人びとの『源氏物語』への関心を掘り起こすことにつながった。

江戸時代に入って出版文化が興隆すると、絵入本・ダイジェスト本も含めて『源氏物語』本が盛んに刊行されるようになり、一般庶民にも読者層が広がる。なかでも特筆すべきは俳諧師北村季吟が著した『湖月抄』（一六七三年成立）で、これは本文（青表紙本系）に古注を集成して付したものだが、出版後は『源氏物語』本文テキストのスタンダードとなり、明治・大正時代まで広く読まれている。

江戸時代のこのような流れの中で、『源氏物語』の読み方に大きな変革をもたらしたのが、伊勢国松坂出身の国学者本居宣長（一七三〇～一八〇一年）である。宣長は、この物語を仏教や儒教の立場から倫理的教戒ととらえようとしたり、登場人物や素材の準拠をいたずらに探ろうとする従来の読み方を批判し、『源氏物語』の本質は、「もののあわれ」の表現であると論じたのだ。

◎『源氏物語』が描く「もののあわれ」の世界

宣長は二十歳頃から『源氏物語』研究に取り組んでいたが、彼の『源氏物語』評論は、『紫文要領』（一七六三年成立）と、これを大幅に改稿した『源氏物語玉の小櫛』（一七九六年成立）の二書に結実している。「もののあわれ」論は、『源氏物語玉の小櫛』の「二の巻」の中でとくに細かく論じられているので、いくつか記述を拾ってみたい。

「物のあはれをしるといふ事、まづすべてあはれといふはもと、見るものきく物ふるゝ事に、心の感じて出る、歎息の声にて、今の俗言にも、あゝといひ、はれといふ是也、たとへば月花を見て感じて、あゝ見ごとな花ぢや、はれよい月かななどいふ」（「もののあわれ」を知るとは何か。「あわれ」というのは、元来、見るもの、聞くもの、触れることに心が感じたことで出る、嘆息の声で、今の世で「ああ」とか「はれ〈やれ〉」などと言うのがそれである。たとえば、月や花を見て感心して、「ああ、見事な花だな」「やれ、よい月だな」と言う）

「物といふは、言を物いふ、かたるを物語、又物まうで物見物いみ、などいふたぐひの物にて、ひろくいふときに、添ることばなり」（「もの」というのは、「物を言

う」「物を語る」「物詣で」「物見」「物忌み」などと言う場合の「物」のことで、広い意味をこめる際に添える言葉である）

「人は、何事にまれ、感ずべき事にあたりて、感ずべきこゝろをしりて、感ずるを、もののあはれをしるとはいふを、かならず感ずべき事にふれても、心うごかず、感ずることなきを、物のあはれしらずといひ、心なき人とはいふ也」（何事であれ、感じるべきことに出会って、感じるべき心を知って、感じることを「もののあわれを知る」と言うのであり、当然感じるべきことに触れても、心が動かず、感じることがないことを「もののあわれを知らず」と言い、その人を「心なき人」と呼ぶのだ）

そして宣長は、『源氏物語』の主意は「もののあわれ」を知ることであり、作者紫式部は「もののあわれ」の心を非常によく知っていたと説く。

さらに、亡き桐壺更衣を偲ぶ桐壺帝が風の音や虫の声に悲哀を催す場面、空蟬と密かに契った光源氏の目に暁の空が優艶に映る場面など、『源氏物語』からテキストを引用しながら「もののあわれ」の事例を次々に引き出してゆく。

宣長に言わせれば、源氏と藤壺の密事が描かれたのも、「恋のもののあわれ」の究極を示すためであったという。

◉「もののあわれ」は嬉しいとき、楽しいときにも生じる情趣

「もののあわれ」というと、現代の我々は「なんとなく哀れだ」というようなニュアンスで受け取りがちだ。しかし宣長はこれを否定する。「あわれ」は悲哀に限られず、嬉しい、面白い、楽しい、素晴らしいなど、深く感嘆するときに生じる、広い意味をもつ情趣だと力説する。結局、「もののあわれ」は「もののあわれ」としか説明のしようがない概念のようだが、強いて現代風に解釈すれば、「調和のとれた美に対するしみじみとした感動」とでも言い換えられようか。

ただし、『源氏物語』本文に「もののあわれ（もののあわれ）」「あわれ」という表現は出てくるものの、すべて宣長が言う意味で用いられているのかというと、そこは疑問符がつく。また宣長は「もののあわれ」と「あわれ」の違いを、明確には説明していない。

とはいうものの、宣長の「もののあわれ」論の誕生によって、『源氏物語』は、宗教や道徳論、過剰な準拠論、源氏伝授に象徴されるような教養主義などから切り離されて、「文芸」として独立することになったのである。

ところで、七十余年にわたる『源氏物語』の内容を光源氏の生年を第一年として

年表風に整理したものを「年立(としだて)」と言い、それは室町時代の一条兼良が作ったことにはじまる。本文を深く読み込んでこれを完成させたのがじつは宣長で、『源氏物語玉の小櫛』「三の巻」に「改め正したる年立の図」として収録されている。

現在出版されている『源氏物語』には、巻末などに年立を収録して読者の便に供しているものもあるはずだが、その基礎となっているのは、宣長の年立なのである。

47 なぜ現代語訳が出版されるようになったのか?

明治時代には難解な『源氏物語』は読まれなくなっていた

明治維新をへて、西洋文学の強い影響のもとに近代文学が生じて発展してゆくと、『源氏物語』は「小説」の魁(さきがけ)として評価されるものの、現実には敬遠されて、あまり読まれなくなっていった。

このことの背景には、『源氏物語』が大長編小説で通読するのに時間がかかることに加えて、すでに誕生から八百年以上をへて、その文章が、日本語とはいえ一般読者には非常に読みづらいものになっていたこともあったと推察できる。斎藤緑雨や正宗白鳥のように、悪文と断ずる小説家すらいた。また、作品中の平安朝の風俗や慣習は明治人には馴染みの薄いもので、これも鑑賞の妨げとなっていた。

やや時代が下るが、芥川龍之介は昭和二年（一九二七）に雑誌『改造』に連載していた「文芸的な、余りに文芸的な」の中で、当時は文学者たちの間でも『源氏物語』への関心がほとんど失われていた状況を明かしている。

「僕は『源氏物語』を褒める大勢の人々に遭遇した。が、実際読んでゐるのは（理解し、享楽してゐるのを問はないにもせよ）僕と交つてゐる小説家の中ではたつた二人、――谷崎潤一郎氏と明石敏夫氏とばかりだつた。すると古典と呼ばれるのは或は五千万人中滅多に読まれない作品かも知れない」

平安時代であれば、『更級日記』の作者菅原孝標女が回想していたように、少女でも注釈なしで読み耽ることができたが、そんな時代からはあまりにも長い歳月が流れていたのだ。

〝与謝野源氏〟〝谷崎源氏〟が新時代を拓いた

このような状況に風穴を開けることになったのが、読みやすい現代語訳の登場である。

先鞭（せんべん）をつけたのは歌人の与謝野晶子（よさのあきこ）（一八七八〜一九四二年）で、若い頃から『源氏物語』に親しんでいた彼女は、まず明治四十五年（一九一二）〜大正二年（一九一三）に『新訳源氏物語』全四巻を刊行。思いきった意訳や省略もみられるが、わかりやすい口語文で、「与謝野源氏」と呼ばれて愛好され、『源氏物語』を見事に新生させた。昭和十三〜十四年（一九三八〜一九三九）には、完訳版の『新新訳源氏物語』全六巻も刊行されている。

続いて谷崎潤一郎（一八八六〜一九六五年）が現代語訳にとりかかり、『潤一郎訳源氏物語』として昭和十四〜十六年（一九四一）に刊行された（全二十六巻）。大正末から昭和初期にかけて、谷崎は小説家として最も脂の乗り切った時期を迎えていたが、そんな創作活動を一時ストップさせて『源氏物語』現代語訳の仕事に没頭し、これを完成させている。与謝野源氏に比して、できるだけ意訳を避けて、逐語訳を目指したのが谷崎源氏の特色であった。これが好評を博し、ベストセラーとなっている。それは一つには谷崎が当代一の人気作家だったからだろうが、皇国史観やナショナリズムが強まるなか、世相が古典回帰の流れにあったことも影響していたのではないだろうか。

奇しくも昭和十年代には与謝野・谷崎の源氏訳が相次ぎ、源氏ブームが到来したわけだが、このことには何か理由があるのだろうか。じつは昭和八年（一九三三）にはイギリス人アーサー・ウェイリーが『源氏物語』の英訳を完成させ、その訳業がほどなく日本にも紹介されて高く評価されていた。したがって、このことが与謝野や谷崎を刺激したのでは、という見方もある。

ただし谷崎は、戦前下の言論統制・思想統制に配慮した結果、光源氏と藤壺の密通に関する場面をあらかじめカットしている。確かに、皇子が皇后と恋仲になり子まで生まれるという話は、天皇が絶対視された時代にあっては、不敬きわまりないものと受け止められる恐れがあった。また、「藤裏葉」巻の源氏が准太上天皇の位を得たとする箇所は、「特別な御待遇を賜はつて」とぼかした表現になっている。臣下の源氏が上皇に準じた地位に昇るという設定が、国体を乱すものとみなされて筆禍を招く恐れがあったからだ。検閲が行われ、発禁処分もありえた時代だったので、谷崎がこうした対策をとったのも、やむを得ないことであったのだろう。

そのため、戦後になると谷崎はカット部分を補った新訳作業に取り掛かり、それは『潤一郎新訳源氏物語』（全十二巻）として昭和二十六～二十九年（一九五一～一九五四）に刊行された。昭和三十九～四十年（一九六四～一九六五）にはさらに文体を平易にした『谷崎潤一郎新々訳源氏物語』（全十巻別巻一）が刊行されている。

その後は、谷崎に続くようにして、円地文子、田辺聖子、橋本治、瀬戸内寂聴、林望、角田光代など、著名作家による個性的な現代語訳（あるいは翻案）が次々に出版されて、『源氏物語』の大衆化が推し進められた。この他に研究者やエッセイストによる現代語訳も出版されているし、大和和紀による『源氏物語』の漫画化『あさきゆめみし』（雑誌連載は一九七九～一九九三年、単行本は全十三巻）はロングセラーとなって、『源氏物語』の読者層の裾野を広げることに大いに貢献している。

戦後は学術的な研究も格段に進み、青表紙本系の善本である大島本の校訂を中心とした池田亀鑑による『源氏物語大成』全八巻（一九五三～一九五六年）は、『源氏物語』研究の金字塔となった。こうした成果をもとに、現代では厳密に校訂された原文に懇切な注釈を付したものが何種類も出版されている。

現代語訳や漫画など二次的な形態も含んではいるものの、『源氏物語』は誕生から千年をへて、大量出版システムにもよく支えられて、史上最も広く読まれ、享受される時代を迎えているのだ。

48 海外でも『源氏物語』の擬作が書かれていた？

明治時代にはイギリスで英訳が刊行されていた

前項で触れた、昭和八年（一九三三）にイギリス人アーサー・ウェイリーが完成させた『源氏物語』の英訳は、海外に『源氏物語』と紫式部の名を知らしめることになった画期的な訳業だったが、じつは『源氏物語』の外国語訳はこれが最初ではない。

『源氏物語』の最初の外国語訳は、明治十五年（一八八二）にイギリスで出版された英訳 *Genji Monogatari* で、翻訳者は官僚の末松謙澄（すえまつけんちょう）（一八五五～一九二〇年）であった。末松は新聞記者時代に伊藤博文の知遇を得て官僚となった人物で、明治十一年（一八七八）からイギリス駐在日本公使館の一等書記見習として渡英し、ケンブリッジ大学で文学・法学などを修めている。そしてイギリス滞在中に『源氏物語』を英訳刊行したのだ。ただし完訳ではなく、抄訳（第一巻「桐壺」〜第十七巻「絵合（えあわせ）」）であった。日本文化のヨーロッパへの紹介が英訳の主たる目的だったと考えられる。

イギリスではさほど評判にならなかったようだが、末松の英訳はフランス語やドイツ語、オランダ語にも翻訳され、『源氏物語』の海外への紹介に一定の役割をはたしている。

世界文学にインパクトを与えたウェイリーの英訳

末松の英訳からおよそ四十年後に登場したのが、*The Tale of Genji by Lady Murasaki*として刊行された、ウェイリー（一八八九〜一九六六年）による英訳であった。

ウェイリーはイギリスの優秀な東洋学者で、また詩人でもあった。*The Tale of Genji* はまず大正十四年（一九二五）に第一分冊（第一巻「桐壺」〜第九巻「葵」）がイギリスとアメリカの出版社から刊行され、昭和八年（一九三三）に最後の第六分冊が刊行されて完成している。

第三十八巻「鈴虫」が省かれているので完訳ではないが、本格的な外国語訳であり、英米の文芸批評誌には好意的に紹介され、反響を呼んだ。

当時のロンドンには「ブルームズベリー・グループ」と呼ばれる文学者や芸術家が交流するグループがあり、作家ではバージニア・ウルフやE・M・フォースターらが加わっていて、二十世紀の文学・芸術の先端にあったが、ウェイリーもこのグループのメンバーの一人だった。そのため、ウェイリーの『源氏物語』はブルームズベリー・グループの面々にはとくに高い関心をもって読まれることになった。そして、プルーストの『失われた時を求めて』にも匹敵する心理描写に優れた近代小説が、十一世紀の日本ですでに書かれていたということで、二十世紀の西洋文学に強烈なインパクトを与えることになったのである。

第一章でも触れたように（53ページ参照）、日本でも自然主義文学の大家、正宗白鳥がウェイリーの英訳を高く評価し、『改造』誌（一九三三年九月号）上で、英訳によってはじめて『源氏物語』の魅力がわかったと絶賛したことは有名である。この英訳のインパクトが与謝野晶子や谷崎潤一郎の現代語訳の呼び水になったのではないかという見方があることは、前項に記した通りだ。

◎「雲隠」をモチーフにしたユルスナールの「源氏の君の最後の恋」

ウェイリーの英訳はロングセラーとなり、各国語に重訳もなされたが、昭和五十一年（一九七六）には、アメリカの日本文学研究者E・G・サイデンステッカー（一九二一～二〇〇七年）による、より原文に忠実な英訳『源氏物語』が出版されている。こちらは「鈴虫」巻も含んだ完訳である。

英語以外には、完訳に限っても（重訳を除く）、現在までに、少なくともドイツ語、フランス語、ロシア語、イタリア語、スペイン語、中国語、韓国語でなされており、『源氏物語』と紫式部の名はまさに世界文学の中に位置づけられている。

最後に、外国人作家によって『源氏物語』の擬作も行われていることを付記しておこう。

マルグリット・ユルスナール（一九〇三～一九八七年）は、歴史小説『ハドリアヌス帝の回想』（一九五一年）で国際的な文名を得るようになったフランスの女性作家で、主要な作品は詩人の多田智満子（ただちまこ）らの手によって日本にも紹介されてきた。

そんな彼女の秀作の一つに、昭和十三年（一九三八）に初版の出た『東方小説集』がある。オリエント系の土地や人物に材を採った連作短編集なのだが、その中に『源氏物語』をモチーフにした佳品「源氏の君の最後の恋」が置かれている。年老いて山里の庵に隠棲し、わびしい独り住まいをはじめた光源氏は、しだいに視力を失ってゆく。そこへ正体を隠した花散里がやって来て、源氏の最後の恋の相手を務めようとするのだが……というのがあらすじである。

明らかにこの短編は、原作の『源氏物語』ではタイトルだけとなっている「雲隠」巻の空白を補完する内容になっている。つまり、ヨーロッパ人作家によるユニークな『源氏物語』の擬作であり、同時に『源氏物語』への秀逸なオマージュともなっている。

ユルスナールは博識で知られた女性だが、おそらくウェイリー訳によって『源氏物語』に親しんだのだろう。晩年には三島由紀夫に関する評論（『三島あるいは空虚のヴィジョン』）ものしている。

第五章

本当に紫式部が書いたのか

作者をめぐる謎

「紫式部図」(伝谷文晁筆、江戸時代、東京国立博物館蔵、出典：ColBase)。

49 紫式部の本名は「香子」だったのか？

道長の日記『御堂関白記』に登場する藤原香子とは

前章まで、『源氏物語』にまつわるさまざまな問題や謎について解説してきた。

この最終章では、『源氏物語』の〝作者〟をめぐる謎に焦点を合わせ、さまざまな角度から〝作者〟の姿に光をあてつつ、「『源氏物語』の作者は本当に紫式部なのか」という謎の本丸にも迫ってみたい。

『源氏物語』の作者とされる紫式部の生涯については、ごく簡単ではあるが、第一章に記した。そしてその中で、彼女の生年は不詳で、その人生は断片的にしかわかっていないこと、そもそも「紫式部」というのは後世につけられた通称で、氏が藤原であることは確かだが、実名（本名）は不明であることを指摘した。

ところがじつは、式部の本名について諸史料をもとに詳しく考証し、「藤原香子」だと推定する注目すべき説がある。唱えたのは、本書でもすでに何度か言及している歴史学者の角田文衞で、その要旨を説明すると、次のようになる。

「藤原道長に信任されて宮廷社会で活躍した藤原行成の日記『権記』の寛弘二年（一〇〇五）十二月二十八日条に、ある婦人を臨時に命婦に採用するための叙位が急いで行われたことを示す記述がある。命婦とは、後宮を司る内侍司の女性官人（官女）の称号の一つで、ランクとしては上の下ぐらいである。当時の後宮に具体的にあてはめるならば、一条天皇の中宮彰子（道長の娘）に仕える上級官女の一人であり、こうした上級官女や貴人に仕える侍女の総称が女房である。

このとき臨時に命婦に採用された婦人とは、おそらく紫式部であり、中宮彰子の教育係を物色していた道長が、すでに『源氏物語』の草稿本を完成させて文人・歌人として貴族社会で名声を博していた彼女に白羽の矢を立て、まずは命婦に任じたのであり、こうして式部は彰子の女房になったのだろう。

次に、道長の日記『御堂関白記』の寛弘四年（一〇〇七）正月二十九日条によれば、この日、藤原香子なる婦人が掌侍に補されている。掌侍もまた後宮官女の称号の一つで、ランクは命婦より上である（掌侍の上が典侍、典侍の上が長官相当の尚侍）。

『御堂関白記』や『紫式部日記』によれば、寛弘五年（一〇〇八）頃の時点で彰子に仕える女房は四十余人いたが、このうち掌侍は八名であり、紫式部もその一人であったと推定される。この掌侍八名のうち、紫式部を除く七名の中に、寛弘四年以後に掌侍となっていた藤原香子に該当する人物がいないことは、『紫式部日記』の記述から明らかである。そうであるならば、藤原香子は紫式部と同一人物ということになる。

すなわち、『権記』に登場する命婦、『御堂関白記』に登場する掌侍の藤原香子、紫式部の三人は同一人物であり、藤原香子が紫式部の本名である」(『紫式部伝』所収の「紫式部の本名」より)

◎彰子の女房としての紫式部は役人だった

やや複雑な推論だが、この論のポイントは、従来、紫式部の宮仕え時の役目がただ漠然と「中宮の女房」ととらえられがちだったことに対して、まず最初はトライアル的に命婦に叙任され、やがて仕事ぶりが評価されて掌侍に昇格したというように、式部の宮仕えを公的な役人の序列の中に位置づけて見直したことにある。

とはいえ、紫式部＝藤原香子説はあくまで仮説であり、完全に実証されているわけではない。史料の読み方が恣意的、推論に推論が重ねられている、といった批判も寄せられている。また、藤原香子については、史料上では掌侍に補されたこと以外はほぼ不明で、仮に彼女が式部であったとしても、依然として式部のプロフィールに空白が多いことには変わりがない。

ところで角田氏は、「香子」は「かおりこ」または「たかこ」と訓まれたのではないかと推測している。繰り返すが、藤原香子説はあくまで仮説である。しかし、「藤原香子」というのは、『源氏物語』作者の本名には似つかわしい、何とも玲瓏でたおやかな雰囲気をもった名前ではないだろうか。

50 紫式部は藤原道長の愛人だったのか？

式部をからかった道長

「紫式部と藤原道長は、愛人関係にあったのでは」というのはよく聞かれる話である。本章の本題からはやや外れるが、この問題についても触れておこう。

まず式部と道長の、基本的な関係を改めて整理しておこう。

式部が、道長の長女で一条天皇の中宮であった彰子のもとに女房として出仕するようになったのは、寛弘二年（一〇〇五）または三年（一〇〇六）の十二月頃のこととされている。当時一条天皇は二十六、七歳、彰子は十八、九歳で、式部は三十六、七歳であった（式部の生年を九七〇年とする説に立った場合）。

なぜ式部は彰子の女房となったのか。この点については『紫式部日記』は何ら触れていないので、さまざまに推測されている。式部の文名を耳にした道長が彰子の教育係として彼女をスカウトした、というのもそうした推測にもとづく説の一つである。その当否はともかく、実質的には、道長が式部の雇用主のような立場にあったことは事実であろう。

娘三人を天皇に入内させて摂関政治の全盛期を築き、結果的に三天皇の外祖父となった道長に対しては、老獪な政治家というイメージも強いかもしれない。しかし彼は広く書物を収集した教養人でもあり、詩歌の才能もあって度々会を催している。決して、文芸に理解のない無粋な人物ではなかった。

この二人が男女の関係にあったとしばしば噂されてきたのは、『紫式部日記』にそのことをしのばせるような記述が、これみよがしに書かれているからである。

その記述の一つは、消息体記事が終わってから現れる、年月日不詳の土御門殿内の仏堂での法会の記事（寛弘五年五月二十二日条とする説、寛弘六年九月十一日条とする説などがある）の、あとに続く記事である。

そのとき、彰子は里第、すなわち父道長が住む京極の土御門殿に退っていて、式部もこれに従い、邸内に部屋を与えられて住んでいた。部屋とは言っても、渡殿（寝殿と殿舎をつなぐ渡り廊下）に簡単な仕切りを設けることで即成された「局」である。

そしてこのとき、場所は彰子がいた東の対と思われるが、『源氏物語』が彰子の前に置かれているのを見た道長（当時四十代前半）が、こんな歌を梅の実の下に敷かれていた紙に書き、彰子に侍っていた式部に渡した。

「すきものと名にし立てれば見る人の　をらで過ぐるはあらじとぞ思ふ」

「色好みの女という評判が立っているのだから、あなたを見て口説こうとしない男はいるまい」というような意味である。『源氏物語』が男女の色恋を描いたものであることを知っていたので、作者である式部にからかいまじりの言葉を掛けたわけだ。目の前にある梅＝「酸き物」を「好き物」に掛けているところがしゃれている。

これに対して、式部は「人にまだをられぬものを誰かこの　すきものぞとは口ならしけむ」と、つまり「まだ口説かれたこともありませんのに、誰が色好みなどという評判を立てたのでしょうか」とやり返している。この程度なら、大人の男女が戯れに気のきいたやりとりをしたまでで、とりたてて艶聞が立つようなことでもないだろう。

式部のことを「道長妾」と表現した中世の系図

ところが、この記事のすぐあとに、相手の男性の名は挙げられていないものの、アバンチュール風の挿話がはじまるのだ。

式部が夜、渡殿の局で寝ていると、誰かが戸を叩く。恐くてじっと身をひそめているうちに夜が明けてくるが、すると相手が「夜もすがら水鶏(くひな)よりけになくなくぞまきの戸口にたたきわびつる」と詠み掛けてきた。水鶏(くいな)の雄は繁殖期になると夜、戸を叩くような鳴き声を立てるが、一晩中待ちぼうけを食わされたわびしさをそれにたとえたのである。

そこで式部はこう返したという。

「ただならじとばかりたたく水鶏ゆゑ　あけてはいかにくやしからまし」
「尋常ではない戸の叩き方でしたが、戸を開けたら、きっと後悔することになったでしょうよ」という感じで、男を拒否することを言外にほのめかしている。

　文脈からすれば、このとき式部に懸想してきた男とは道長としか解しようがなく、事実、従来そう解されてきた。道長が式部の同僚である彰子の女房（女房名は大納言）を妾としたことは知られているので、そこから推しても、彼が式部に手を出そうとしたことは考えられないことではない。

　だとすると、式部は、当代一の権勢家の求愛を巧みにかわしたということになる。

　ところが、この一連の記事から「いや、藤壺が光源氏に対してそうだったように、式部は道長を拒み通すことができなかったのではないか」などと勘繰る向きもある。この見立ての傍証となっているのが、中世編纂の諸家系図集成『尊卑分脈』所収の、藤原良門孫系図に現れる紫式部の名の下に「御堂関白道長妾云々」と書かれてあることだ（ここでの「妾」は、第一章に記したように、必ずしも「愛人」「情人」というニュアンスではなく、「正妻ではない妻」というニュアンスである可能性もあ

「紫式部日記絵巻」(刊行年不明、国立国会図書館蔵、鎌倉時代成立の「紫式部日記絵巻」の模写か)より。ある夜、道長がこっそりしのんで来て、紫式部の部屋の戸を叩いている場面。

ることに注意したい)。

式部と道長が男女の関係にあったかどうかについては賛否両論あり、『尊卑分脈』に見える「道長妾」という記載を信頼する立場もあれば、「云々」と続くので噂レベルの伝承にすぎないとする立場もある。第三章で指摘したように、『紫式部日記』の史料としての信頼度がいま一つであることを踏まえれば、渡殿での一夜の出来事などは、できすぎた話であるように思えなくもない。話を盛っている部分もあるのではないだろうか。

とはいえ、道長が比較的歳の近い

式部に親近感を抱いていたことは、まず間違いのないところだろう。そして、まだ第一部か第二部あたりまでしか書かれていなかったかもしれないが、『源氏物語』に目を通して、式部の文才に舌を巻いたであろうことも間違いあるまい。

では、式部は道長のことをどう思っていたのだろうか。

『紫式部日記』で印象的なのは、道長が人間味あふれる人物として活写されていることだ。彰子の生んだ若宮（後の後一条天皇）におしっこをひっかけられても相好を崩してあやし、誕生五十日の祝いの宴では上機嫌で酔い痴れる。著者の細やかな筆致に、道長への過剰な好意のようなものが感じられてしまうのは、気のせいだろうか。

そう思うと、今度は「道長に好意的な女性が、アンチ藤原氏のメッセージを放つ長編物語の作者たりえるだろうか」という疑問も生じてくる。

もっとも、『紫式部日記』執筆の依頼主が、彰子の皇子出産の典雅な記録を求める道長だったとしたら、記述が道長に好意的であるのは至極当然のことなのだろうが。

51 紫式部と清少納言の関係とは？

一条天皇の後宮に仕えた二人

周知のように、紫式部と清少納言はともに一条天皇の後宮に女房として仕えた優秀な女流文学者であり、仮名文字を用いて、前者は物語文学の名作を、後者は随筆文学の名作を著したこともあって、何かと比較対照されることが多い。そこで、この二人の関係についても触れておこう。

式部のプロフィールについてはすでに記したので、清少納言のプロフィールから入ろう。彼女もまた式部と同じく生没年不詳だが、康保三年（九六六）頃の生まれとするのが通説である。式部よりはやや年長だったとみられる。

父は歌人の清原元輔だが、母は不詳。清原氏は天武天皇の後裔で、貴族としては中級・下級だが、漢学や和歌に通じた人物が輩出している。清少納言は天元四年（九八一）頃に陸奥守橘則光と結婚し、子ももうけるが、夫婦仲はうまくいかなかったようで、やがて離別。

正暦（しょうりゃく）四年（九九三）頃から一条天皇の中宮定子（ていし）（後に皇后）の女房となり、敬愛する定子に近侍して華やかな宮廷生活を満喫してゆく。このときの女房名が清少納言である。清は清原の略だが、少納言の由来はわからない。例によって本名も不明で、なぜ定子に仕えることになったのかもわからない。

清少納言が定子の女房になった頃は、道長の兄で、定子の父親である道隆（みちたか）が関白、道隆の子伊周（これちか）が内大臣で、道隆一族（後年、中関白家（なかかんぱくけ）と呼ばれる）が政権を掌握していた。定子が一条天皇に入内したのは、正暦元年（九九〇）、十四歳時のこと。このとき天皇は元服してまもない十一歳で、まさしくお雛様のような夫婦だったが、二人の仲はきわめて睦まじく、このことが中関白家政権の安泰にも結びついていたのである。

そんな中関白家全盛期を背景に、一条天皇と中宮定子を中心とした華やいだ宮廷社会を見事に活写したのが、清少納言の『枕草子（まくらのそうし）』であった。『枕草子』の成立期については議論があるが、長保（ちょうほう）三年（一〇〇一）頃には大部分が書かれていて（この時点では清少納言は宮仕えを退いていた）、その後も加筆修正が行われたとみるのが主流である。

約三百編の章段から成り、それらは「山は……」「河は……」あるいは「すさまじきもの」「にくきもの」といったようなスタイルで事象を列挙してゆく「類聚(るいじゅう)章段」と呼ばれる章段、宮中での見聞を日記風に記した章段、純然たる随想の章段の三つに分類されるが、いずれにも分類しかねる章段もある。有名な冒頭に置かれた「春は曙(あけぼの)……」ではじまる章段は、類聚と随想の混成とされている。

書かれた目的ははっきりしない。跋文(ばつぶん)には、定子の兄伊周が紙を献上したとき、定子が「これに何を書こうかしら」と尋ねたので、清少納言が「それなら枕でございましょう」と答えると、定子は「ならば、あなたにあげましょう」と言って紙を下賜した、それで本書を書いた、というエピソードが記されている。清少納言の言う「枕」は、寝具の枕ではなく、枕のように分厚い草子（白紙の帳面）のことをさしているそうで、これが書名「枕草子」とも関係があるようなのだが、この跋文には意味を汲み取りにくいところもあって、正確な執筆動機はわからない。

◉宮廷生活をひたすら賛美する清少納言の『枕草子』

『枕草子』は宮廷生活の賛美に徹していて、そこが人間の陰影両面を描く『源氏物語』や『紫式部日記』との大きな違いである。その特色はともすると高慢とも映りがちな陽性で外向的な作者の性格の反映でもあった。

有名な「香炉峰の雪」の記事には、彼女のそんな性格が垣間見える。

ある雪が深く積もった日、御格子（上に押し上げると開く板戸）を下ろして女房たちが話していると、定子が「少納言よ、香炉峰の雪はどんなかしら？」と尋ねた。すると清少納言は、御格子を上げさせてから御簾を巻き上げ、外の雪景色を眺めさせた。定子はいかにも満足気に笑ったという。

この話は、平安時代に広く読まれた漢詩集『白氏文集』の中の句「香炉峰の雪は簾をかかげて看る」を踏まえている。要するに、定子は「外の雪景色を見たい」ということをエスプリをきかせて表現したのだが、清少納言はこれをちゃんと理解して絶妙な応答をしてみせたのだ。居合わせた女房たちは清少納言の機転をしきりにほめそやしたそうだが、本人も得意満面であっただろう。

しかし、このような幸せな日々はそう長くは続かなかった。

長徳元年（九九五）には道隆が病死。子の伊周がその後継をめざすも、道長が政界で躍進し、やがて伊周は失脚。中関白家の没落につれて定子の境遇も沈んでゆく。長保元年（九九九）には第一皇子敦康親王を生むが、この頃には政権は完全に道長のものとなっていて、同年にはついに道長の娘彰子が入内し、翌長保二年（一〇〇〇）には中宮に。皇后となった定子は同年末に内親王を出産するが、その翌日、不幸にも二十五歳の若さで急死してしまった。

清少納言はこれを機に完全に後宮を退いたらしい。『枕草子』が完成した頃には、定子後宮の輝かしい日々はすっかり過去のものとなっていたのだ。

清少納言をこき下ろす『紫式部日記』

そして、清少納言の退場後に中宮彰子の女房として後宮に現れたのが、紫式部だった。ただし、定説では彼女の宮仕えは寛弘二年（一〇〇五）頃からで、清少納言の退出からすでに五年ほど経過しているため、二人が宮廷で直接顔を合わせることはなかったはずである。

とはいえ、式部は清少納言の文名はかねて耳にし、彼女が書いたものを読む機会もあったらしい。だが、式部の清少納言への評価はたいへん厳しいものであった。『紫式部日記』の消息体部分には、和泉式部や赤染衛門ら同世代の女流歌人への穏当な批評のあとに、清少納言をこき下ろす言葉が続いている。
曰く、いつもしたり顔をした鼻もちならぬ人物で、漢学の知識はお粗末、風流をきどってやたらとものの あわれを感じる風を装い、軽薄で……といった調子である。そして最後は、「そのあだになりぬる人の果て、いかでかはよくはべらむ」、こんな軽薄な女は碌な死に方をしないだろう、とまで痛罵している。

確かに、「香炉峰の雪」のエピソードからは清少納言のキザな性格を想像することもできようが、それにしても苛烈な評言である。式部の主人彰子は清少納言が仕えた定子のライバルであったので、それで余計に清少納言に対抗意識を燃やしたのだろうが、それだけでは説明はつくまい。もしかすると、式部はかつて清少納言と直接会ったことがあり、そのときに非常に嫌な思いをさせられた、というようなこともあったのではないだろうか。

他方、清少納言は式部のことをどう見ていたのだろうか。残念ながら、後宮を退いた後の清少納言の動静はほとんどわからず、彼女の式部評を知る術はない。鎌倉時代の説話集『古事談（こじだん）』には、晩年の清少納言が零落していたことを示す話が載っているが、これがどれだけ事実を伝えているかは不明である。

52『源氏物語』作者複数説とは?

『河海抄』に記された藤原道長加筆説

鎌倉時代初期に書かれた貴重な文芸評論『無名草子』(筆者は藤原定家の姉妹と言われる)は、『源氏物語』を傑作と評したうえで、「とても人間業とは思えない」(凡夫のしわざともおぼえぬことなり)と記す。こんなにすばらしい物語の作者はいったいどんな人物なのか、尋常な人間ではあるまい、というわけである。

現代の『源氏物語』読者にも、これと似たような感想を抱く人は決して少なくあるまい。筆者も、現代の小説家が束になってかかっても『源氏物語』の作者には敵うまい、と思うことがある。

そして、こうした感想から得てして生じるのが、「こんな洗練された大作を、たった一人で書けるわけがない。紫式部以外にも作者がいたのではないか」という疑念であり、邪推である。それは昔も同じだったようで、紫式部以外にも作者がいたとする「『源氏物語』作者複数説」は古くからみられる。そこで、各説の当否はひとまず措いて、主な作者複数説を瞥見してみよう。

南北朝時代に編まれた『源氏物語』注釈書『河海抄』の巻第一冒頭に、「珍しい物語を読みたい」という大斎院選子内親王の求めに応じる形で、紫式部が石山寺で『源氏物語』を起筆したという伝説が書かれていることはすでに触れた（１４８ページ参照）。じつは、この伝説の続きには、こんなことも書かれている。

「（紫式部は）その後次第に書き加えて五十四巻とした。これを権大納言藤原行成（藤原道長の側近で、書家としても有名）に清書してもらって、大斎院のもとへ届けようとしたが、法成寺入道関白（道長のこと）が奥書を加え、『この物語は世間では紫式部の作とばかり思っているようだが、老比丘の加筆になるものだ』と言ったという」

最後の方に出てくる「老比丘」というのは、晩年に出家して荘厳な法成寺を創建した藤原道長のことだ。つまり、『源氏物語』は、紫式部が書いたものに道長が加筆することで完成したというのである。

この伝説の出所を『河海抄』はとくに記しておらず、もとより信ずるに足らないが、道長加筆説は「『源氏物語』作者複数説」の嚆矢と言えよう。

繰り返し出現する「作者複数説」

『河海抄』を補正したものと言われる文明四年（一四七二）成立の一条兼良による『花鳥余情』も、「『源氏物語』作者複数説」に言及している。

まず冒頭には、「『宇治大納言物語』による」として、「『源氏物語』はまず式部の父藤原為時が書き、細部を娘の式部に書かせ、このことを后の宮（中宮彰子のことだろう）が耳にして、式部を召し出した」という説が紹介されている。『宇治大納言物語』は散逸したと考えられている説話集で、成立は平安時代後期かという。『宇治拾遺物語』とは別の書である。

さらに、「宇治十帖」の解説（第二十五巻）の冒頭では、「或人」の話として、「『宇治十帖』は式部の娘大弐三位（藤原賢子）が書いたもので、その証拠は明らかだという」説が引かれている。前記の為時執筆説と合わせるなら、『源氏物語』は為時・式部・賢子の三代によって書かれたことになる。

しかし、江戸時代の本居宣長は『源氏物語玉の小櫛』の中で、『河海抄』や『花鳥余情』にみえる作者複数説をいずれも後世に生じた作り事として一蹴していて、「宇治十帖」も含めて『源氏物語』はすべて式部一人の手になるものだと抗弁している。

近代に入ると、哲学者の和辻哲郎が微妙なニュアンスで作者複数説に言及する。

和辻は、第三章でも触れた大正十一年（一九二二）発表の評論「源氏物語について」（『日本精神史研究』所収）の中で、『源氏物語』には描写の技巧に巧拙が混在していることを論じたうえで、こう述べる。

「もし我々が綿密に源氏物語を検するならば、右のごとき巧拙の種々の層を発見し、ここに『一人の作者』ではなくして、一人の偉れた作者に導かれた『一つの流派』を見いだし得るかも知れない」

和辻は作者論についてこれ以上は展開していないが、彼の言わんとすることは、『源氏物語』は一個人ではなく一流派によって書かれたのではないか。だから時にすばらしかったり、時に凡庸だったりという文章表現のアンバランスが生じているのではないか」ということだろう。つまり、式部の監督のもとに何人かの書き手が分担して『源氏物語』を書いたのではないかという、「紫式部監修説」である。

与謝野晶子は「紫式部新考」（一九二八年）の中で、「併し私は現在の『源氏』五十四帖が悉く彼女（紫式部）の筆に成つたとは決して思はない」と記し、式部が書いたのは第一部（第一巻「桐壺」～第三十三巻「藤裏葉」）であって、第二部・第三部は別人の補作であり、その補作者は式部の娘藤原賢子以外には考えられないと論じている。

民俗学者・国文学者の折口信夫も作者複数説に立ったようで、昭和二十六年（一九五一）に木々高太郎（作家）、池田弥三郎（国文学者）らと行った座談会（「源氏物語研究」として雑誌『三田文学』に掲載）の中で、「（『源氏物語』は）あとから書き足されたらうと思はれる部分が多く考へられます」と発言し、さらに、文法の変化を理由に、「宇治十帖」を含む後半部の作者は式部とは別人であろうという趣旨の発言も行っている。

折口に師事した国文学者の西村亨は、『知られざる源氏物語』（一九九六年）の中で作者複数説に触れ、武田宗俊の「玉鬘系後記説」（174ページ参照）を踏まえて、『源氏物語』第一部の「紫の上系」の巻々（「花散里」は除く）は紫式部の筆に間違いないとするが、「玉鬘系」巻の作者については式部とは別人である可能性を指摘している。

●なぜくすぶりつづけるのか

ここに紹介した作者複数説は、いずれも出所の不明瞭な伝説や、裏付けを欠く仮説・推測であり、決定的な証拠があるわけではない。

作家瀬戸内寂聴(じゃくちょう)は「作者は紫式部一人ではなく、複数かも知れないという説もあるのは、これだけの壮大華麗な傑作が、到底一女性の手では書ける筈(はず)がなかろうという、男性研究者の想像と仮説から出たもので、根拠はない」と手厳しく批判している(一九九六年初刊『源氏物語　巻一』巻末の「源氏のしおり」)。

しかし、では逆に、『源氏物語』は紫式部がすべて一人で書いたという説に確証があるのかというと、そういうわけでもない。

『源氏物語』には「作者まえがき」や「作者あとがき」などは存在しないし、作者が紫式部であることが『源氏物語』内に明記されているわけでもない。

この基本的な事実が、『源氏物語』作者複数説が絶えずくすぶりつづけてきた主たる要因なのではないだろうか。

53「紫式部は作者ではない」説とは？

作家藤本泉の異色の作者論

前項で紹介した『源氏物語』作者複数説は、作者を複数に想定するとはいえ、その中に紫式部が含まれている点では、いずれも一致している。

ところがかつて、『源氏物語』の作者から紫式部を除外し、彼女とは全くの別人を作者にみる奇説を、ある女性作家が唱えたことがある。

その女性作家とは藤本泉である。大正十二年（一九二三）の生まれで、昭和四十一年（一九六六）に「媼繁盛記」で小説現代新人賞を受賞して文壇デビュー（同時受賞は五木寛之）。伝奇ミステリーを得意とし、直木賞候補になったこともある。一九七〇年代から八〇年代にかけては盛んに作品を発表しているが、昭和六十三年（一九八八）を最後に新作は途絶える。あくまでウィキペディア情報だが、平成元年（一九八九）二月、旅行先のフランスから息子に手紙を出したのを最後に消息を絶ったとのことである。

他方、藤本は古典文学にも明るく、『源氏物語』の成立や作者をめぐる問題について論じたユニークな本も残していた。『源氏物語99の謎』（一九七六年）、『源氏物語の謎』（一九八〇年）、『歴史推理　王朝才女の謎』（一九八六年）、『「源氏物語」多数作者の証』（一九八八年）などがそれである。

彼女がアカデミズムとは無縁であったこともあってか、その『源氏物語』論は研究者界隈（かいわい）からは無視され、今となってはすっかり忘れ去られてしまった感もある。確かに彼女の論証に雑駁（ざっぱく）な面や稚拙さがあることは否めないが、小説を実作する人間ならではの鋭い分析や指摘、視野が狭い学者からは絶対に生じえない大胆にして犀利（さいり）な推理などが端々にみられ、首肯させる点も少なくない。際物扱いで片づけてしまうのは大人気ない。

まず『源氏物語99の謎』をみると、冒頭で、藤原彰子が後宮の藤壺に住んで藤壺を局名（つぼねな）としたという『栄華（えいが）物語』の記述を踏まえて、「なぜ紫式部は自作に登場する不幸なヒロインに自分の女主人と同じ通称を与えたのだろうか。普通ならそんな不埒（ふらち）なことをするはずがない。本当は紫式部は『源氏物語』の作者でないのではないか」というもっともな疑問が投げかけられる。そしてこれを皮切りに、『源氏物語』の構成や文章、内容などにみられる矛盾や問題点が次々に剔出されてゆく。

最終的には、「紫式部は『源氏物語』の作者ではなく、『源氏物語』の写本制作の責任者だった」という結論にいたっている。さらに、本当の作者は仮名文字を使って自由気ままに文章を書くことを望んだ男性であり、平安時代には男は漢文で文章を書くべきで仮名書きは恥だとされたので、あえて女性を装って書いたのでは、とも推理する。藤本はこのことの傍証として、紀貫之による仮名文の『土佐日記』（九三五年頃成立）が、作者を女性に仮託して書かれたことを挙げている。

◎本当の作者は藤原氏に排斥された源高明

『源氏物語の謎』で藤本は自説をさらに深化させる。そして、前作では特定されなかった〝男性作者〟の名前が、「源高明」と特定されるのだ。

源高明（九一四〜九八二年）は醍醐天皇の皇子で、左大臣にまで昇るが、藤原氏の陰謀だったとも言われる安和の変（九六九年）に連座して九州に左遷された人物だ（93ページ参照）。三年後に赦されて帰京するが、政界からは排斥され、天元五年（九八二）に六十九歳で没している。光源氏のモデルにもしばしば挙げられてきた、源氏の大物である。

藤本によれば、左遷から帰京するも、藤原氏が専横政治を進めるのを横目に逼塞（ひっそく）して暮らす高明が、言わば憂さを晴らすことを目的に書きはじめたのが、『源氏物語』なのだという。

その証拠として藤本が強調するのは、『源氏物語』の中に織り込まれた「藤原氏批判」だ。光源氏とは源氏のシンボル、反藤原氏のシンボルであり、物語中では、頭中将をはじめ藤原氏は敗者・悪者として描かれる。このことは、藤原氏の陰謀によって失脚させられた高明が、打倒藤原氏を胸にこの物語を執筆したことの証しにほかならない。

また、高明は文人でもあり、『西宮記（さいきゅうき）』という有職故実（ゆうそくこじつ）の大著を残したことでも知られているが、藤本によれば、『西宮記』は高明が『源氏物語』の作者であることを傍証しているという。『西宮記』の宮中の行事や儀式に関する記述が、『源氏物語』の宮中のそれを彷彿（ほうふつ）させるからだという。

さらに藤本は、『源氏物語』は高明一人の手になるものではなく、高明の一族や子孫によって書き継がれていったとも想定する。つまり『源氏物語』とは、源氏王朝の到来を夢見る源氏一門の執念のかたまりだというのだ。

では、なぜ紫式部が『源氏物語』の作者であると言われるようになったのだろうか。

怪説、紫式部は二人いた⁉

この疑問に対しては、藤本はおよそ次のように答えている。

「じつは紫式部には、中宮彰子に女房として仕えた藤原氏出身の紫式部と、『源氏物語』を語り伝えた〝語り部(べ)〟としての紫式部の、二人がいた。後者の式部が伝えたのは、文字に書かれる以前の口承された〝原(ウル)『源氏物語』〟であり、語り部としての『紫式部』は、個人の名前というよりは、その語り部一族によって継承された通り名のようなものである。

しかし、『源氏物語』が広まってゆくにつれ、語り部の紫式部が藤原氏の紫式部と混同されるようになり、やがて作者として伝えられるようになった」

この説に示された「語り部としての紫式部」の存在はおよそ裏付けとなる史料がなく（中世に『源氏物語』の音読が重視されたという事実はあるが）、「紫式部二人説」

は暴走気味で、とても受け入れることはできない。

それに比べれば、「源高明作者説」はまだなるほどと思わせる点がある。しかし、論証には杜撰（ずさん）なところも多く、仮説というよりは空想レベルの話であろう。

ただし、本書でも何度か指摘したように、『源氏物語』は確かに藤原氏批判の要素を濃くもっている。この事実に着目して大胆な成立論・作者論を展開し、「『源氏物語』の作者は紫式部である」という、日本人がもつ信仰のようなものにメスを入れたところに、藤本説のユニークさがある。

藤本の「源高明作者説」は『源氏物語』作者論の極北であろう。しかし、幻想の源氏王朝が描き出された『源氏物語』の作者陣の一人に、あるいは制作協力者の中に、源氏一族の人間を想定することは、決して荒唐無稽なことではあるまい。

54 明らかに紫式部の作ではない巻がある？

退屈な「匂宮（におうみや）」「紅梅（こうばい）」「竹河（たけかわ）」の三巻

『源氏物語』は光源氏の最晩年を描く第四十一巻「幻（まぼろし）」によって第二部をしめくく

り、題名だけの「雲隠」巻を挟んで、第四十二巻「匂宮」から第三部がはじまる。

ただし、「匂宮」とこれに続く第四十三巻「紅梅」、第四十四巻「竹河」は第三部の序幕のようなもので、第三部の中核となる薫と匂宮、宇治の姫君たちが織り成す恋物語がはじまるのは、第四十五巻「橋姫」から、つまり「宇治十帖」に入ってからだ。

したがって、「匂宮」「紅梅」「竹河」の三巻は第二部と「宇治十帖」の間を埋めるつなぎのようなもので、どこか浮いた感じを漂わせている。率直に言ってしまえば、あまり面白くない。『源氏物語』を頭から読み進めてきた読者の多くは、おそらくこの三巻に至ると退屈さをおぼえるはずだ。

そんなこともあって、この三巻に対しては、「『宇治十帖』が書かれてから挿入されたのではないか」「他の巻の作者とは別人の手になるものではないか」といった疑念が出されてきた。「全巻紫式部単独執筆説」に立つ瀬戸内寂聴ですら、「『匂宮』『紅梅』『竹河』は、疑わしい点もなきにしもあらずだが、やはり私は紫式部の筆であろうと思う」と、含みをもたせる書き方をしている（『源氏物語　巻八』巻末の「源氏のしおり」）。

三巻の中でもとくに違和感をおぼえるのは「竹河」巻だろう。夫（鬚黒）の亡き後、玉鬘が娘の嫁ぎ先に腐心するというのが話のメインで、第三部の主人公である薫はあまり表に出てこない。後続の巻と深くリンクするような内容もないので、この巻を飛ばしても、問題なく読み進めることができてしまう。

武田宗俊の「竹河巻別人執筆説」

実際、「竹河」巻については、「内容が明らかに他の巻とは異質で、他の巻の作者とは別人の手になる補作であり、紫式部の作ではありえない」ということを、かなりの説得力をもって論証した説がある。この説を仮に「竹河巻別人執筆説」と名づけることにしたい。

論じたのは武田宗俊。第三章で詳説した「玉鬘系後記説」を提唱した国文学者だ。

武田は、『源氏物語の研究』（一九五四年）の中で、「竹河巻別人執筆説」の論拠として、主に次のような点を挙げている。

●文章が拙劣：他の巻と違って、「ぞ」「こそ」などの係助詞の乱用が目立つ。また、他の巻にはみられない異質な表現が多い。

●和歌も拙劣：語法を誤ったもの、調の整わないもの、意味統一のないものなど、ほとんど歌の体をなしていないものが大半を占めている。

●他の巻を模倣したストーリーや文章が多い：「未亡人の玉鬘が夫の遺言に従って娘を院に奉り、その娘が寵を得て皇子を生むも、他の后妃から嫉妬される」という展開は、第一巻「桐壺」の「大納言の未亡人が夫の遺言に従って娘（桐壺更衣）を帝に奉り……」という展開の借り物である。正月の宮廷行事である男踏歌を描写するくだりには、第二十三巻「初音」の男踏歌の記述と同じような表現・語句が随所にみられる。

●官職表記に矛盾がある：「竹河」巻の終わり近くに、夕霧が右大臣から左大臣へ、按察大納言（頭中将の次男）が左大将兼右大臣へ、薫は中将から中納言へとそれぞれ昇進したという記述が出てくる。ところが、「竹河」巻と重なる年代を記す第四十六巻「椎本」とそれ以降の巻では、河内本系・青表紙本系いずれの古写本においても、夕霧は左大臣ではなく右大臣と呼ばれ、按察大納言は相変わらず大納言のままである。

◎「竹河」は後人が加えた玉鬘系物語の結末か

武田は、このような矛盾が生じたのは、文才のない後世の人物が筆を執ったためだと断じている。つまり「竹河巻別人執筆説」である。要は、「竹河」巻はつまらない、名高い大古典にはあまりに不似合いだ、天才作家紫式部が書いたとはとても思えない、ということだ。

もっとも、官職表記の矛盾などは原作者の単なる不注意とみてもよいのではとも思ってしまうところだろう。しかし武田は、確かに『源氏物語』の他の巻にも原作者の書き誤りと思われるような点が二、三ないわけではないものの断りつつ、こう明言する。

「作者は長篇の物語に於て殆(ほと)んど破綻を示さず頭脳の緻密さを充分示して居る。こんな凡庸の人もあやまたぬような誤(あやまり)を犯すとは思われぬのである」

ここでの「作者」が紫式部をさしていることは言うまでもない。あの紫式部がそんなヘマをするはずがない、というわけである。

「竹河巻別人執筆説」が正しいとして、問題は、その別人が執筆した動機・目的である。これについて武田は、自説「玉鬘系後記説」を適用して、こう推定している。

「『源氏物語』は紫の上系と玉鬘系の二系によって構成されているが、このうち紫の上系の物語は第四十巻『御法（みのり）』での紫の上の死によって結末を迎える。これに対して玉鬘系の物語は結末が曖昧（あいまい）なまま霧消してしまった。このことに不満を感じた者が、玉鬘系物語に結末を与えようとして『竹河』巻を書いたのだろう」

かなり納得のゆく論説ではないだろうか。

十二世紀なかばまでには成立したと推定されている「国宝源氏物語絵巻」には、抄出・改変という形はとっているものの、「竹河」巻のテキストが収録されている。したがって、「竹河」巻そのものは、『源氏物語』本体の成立からさほど時を置かずして書かれたとみるべきだろう。

では、誰がこれを書いたのか。その人物の正体は杳（よう）として知れない。しかし、前項で触れた藤本泉の説をヒントにするなら、源氏一族の人間を想定することはできないだろうか。

いずれにしても、「竹河巻別人執筆説」が成立するなら、現行の『源氏物語』には少なくとも二人の作者が存在したことになり、『源氏物語』作者複数説も正当性をもつことになろう。

55 なぜ『源氏物語』は傑作なのか？

複雑なプロセスを想像させる作品の年輪と重層性

ここまで、『源氏物語』の作者をめぐる問題について縷々解説し、紫式部以外にも作者が存在する可能性を指摘してきた。

しかし、『紫式部日記』が史料としては扱いの難しい文献であることは確かなものの、そこに書かれていることが全くの作り話ではないとするならば、そして、その記述を多少とも信頼するならば、紫式部が『源氏物語』の原作者であり、彼女が五十四巻の大部分の作者であることは、まず動かしがたいということになるだろう。

その「大部分」とは具体的にどの部分なのか。「竹河」巻を除いた巻なのか、あるいは「宇治十帖」を除く巻なのか。それとも、紫の上系の巻は紫式部で、玉鬘系は別の作者で……ということもありうるのか。あるいは、どの巻がということではなく、テキストの随所に式部以外の人間（写本の制作者も含む）によって大幅に加筆・修正されることもあったのか。言い逃れめくが、こうした問題に明確に回答することは、とうてい筆者の能力がおよぶところではない。

だが、『源氏物語』がもともと短編小説の集積のような構造をもち、書き足しが行われやすい性質をもっていたことは確かだろう。原作者以外の人間による二次創作が行われたとしても、登場人物や基本的な設定が共有できていれば、それを物語全体の中に組み込むことは比較的容易だったはずである。

執筆部分の問題と同様に、原作者紫式部の実像をめぐっても謎が多いのは再三述べたとおりである。しかし断片的な資料から浮かび上がるのは、天性の文才に恵まれて平安貴族社会を生きた物語作家の姿だ。

彼女がどれくらいの歳月をかけてこの大作を書いたのかもまた不明だが、一年や二年では無理だろう。

通説のように、やはり夫が亡くなったあとのつれづれに筆を執りはじめ、宮仕えをするまでにある程度を書き終えるが、宮仕え中に後宮での見聞や体験を肥やしとして、また続きを書き継いでいった……という情景が浮かんでくる。合計すれば完成までに十年、二十年がかかったかもしれない。そうした創作活動の背景には、中宮彰子や藤原道長の慫慂（しょうよう）もあったかもしれない。また、瀬戸内寂聴が言うように、出家して一時は筆を断ったものの、創作への思いが断ちがたく、再び筆を執って「宇治十帖」を書きはじめた……というパターンも充分ありえそうな気がする。

そして、その式部の手になる「原『源氏物語』」に対して、書写される度に、別の人間によって大なり小なり手が加えられていった……。現存する『源氏物語』五十四巻には、そんなプロセスを想像させる、重層性と年輪が感じられてならない。

◎「虚構の中にこそ、真実がある」という光源氏の物語論

よしんば、紫式部が『源氏物語』の作者ではなかったとしても、『源氏物語』が傑作であることにゆるぎはない。本書でも概説したように、皇室・貴族のバイブルとなったり、仏教や儒教と関連づけられたり、歌人や連歌師の手本となったりといった変遷はあったものの、『源氏物語』は、他の物語文学を圧倒して、時代を超えて傑作として読み継がれてきた。

ヨーロッパでダンテの『神曲』が書かれたのが十四世紀前半、中国で『三国志演義』や『水滸伝』が書かれたのが十四世紀前後であることを考えると、このような一大長編小説がルネサンスを数百年もさかのぼる十一世紀に極東の国ですでに誕生していたことは、まさに奇跡である。

そんな奇跡の傑作たることの淵源はどこにあるのだろうか。

第二十五巻「蛍」には、物語に熱中する玉鬘をからかう光源氏の口を借りて、作者が独自の物語論を開陳する有名な場面がある。

それによれば、物語とは、善いことであれ悪いことであれ、この世に生きている人のありさまの中で、ただ見ているだけではあきたりないこと、ただ聞き流すことはできないようなこと、後世に語り伝えたい事柄を、心の中に留め置かずに、語りはじめたのが起こりなのだという。だから、必ずしも出来事をありのままに書き記す必要はない。

さらに源氏＝作者はこうも語る。

「神代より世にあることを記しおきけるななり。日本紀などはただかたそばぞかし。これらにこそ道々しくはしきことはあらめ」

物語には、神代の昔から世の中に起こったことが書き記されている。『日本書紀』のような歴史書も所詮は事実のごく一局面を記してあるにすぎない。物語にこそ道理にかなったことが事細かに書かれているのだ――。

虚構の中にこそ、真実がある。この『源氏物語』の出色の物語論には、凡庸な文学論や歴史論を超越した、深いメッセージが込められている。そしてこの光源氏の言葉に、『源氏物語』が時代を超えて読者を魅了しつづけてきたことの理由も凝縮して語られているのではないか。

『源氏物語』をドンファン光源氏の冒険譚として読むだけで終わってしまうのは、もったいない。まだ読んだことがない人は、ぜひ読んでみてほしい。読んだことがある人は、ぜひ読み返してみてほしい。きっと新たな気づきに出会えるだろう。そしてまた、新たな謎にも出会えるはずである。

おわりに

　私がはじめて『源氏物語』に接したのは学生時代で、谷崎潤一郎による現代語訳『源氏物語』を手にとってみたのだが、当時の自分にはどうにも読みづらく、「須磨」巻あたりで投げ出してしまった。まさしく「須磨返り」である。『源氏物語』が面白いと思えるようになったのは、それからだいぶ歳月がたってからのことだ。そうしたなかで、現代までを視野に入れた、『源氏物語』や紫式部にまつわるいろんな「謎」を拾いあげる本がつくれないものかと考えるようになった。それを実現させる機会はなかなか訪れなかったのだが、ＮＨＫ大河ドラマの影響で何かと『源氏物語』や紫式部に注目が集まる気運に乗じる格好で、今回、形にすることができた。

　もっとも、紙幅の都合もあって割愛した項目も少なくない。

　例えば、あくまでも物語内のことではあるが、紫の上本人は自分に「紫の上」

ということを知らなかったのではないか、という謎がある。些末なことかもしれないが、このことは、『源氏物語』の登場人物の生のキャラクターを考える際に何ほどかの手掛かりを与えてくれるのではないだろうか。また、江戸時代には柳亭種彦が『源氏物語』のパロディ小説とでも言うべき『偐紫田舎源氏』を書いて話題を集めているのだが、幕府によって大奥を風刺したと咎められ、同書は発禁処分をくらい、種彦はこれがもとで不幸な最期を遂げている。『源氏物語』の受容史を考える上では、この一件は案外に重要ではなかろうかとも考えている。

私は『源氏物語』を読みこなしているとは到底言えない浅学の身であり、もとより本書は雑学本風のおもむきを呈してもいるが、入門書とも研究書とも距離を置いた、ユニークな内容に仕上がったのではないかと思っている。

本書では多くの研究者・著述家の研究・論説を紹介・引用したが、すべて敬称は略させていただいた。また、本書の執筆・編集にあたっては、ＰＨＰ研究所の小原有香氏と校正者、制作スタッフのみなさんにお世話になりました。この場を借りてお礼申し上げます。

著者

主要参考文献

伊井春樹『人がつなぐ源氏物語』朝日新聞出版、二〇二一年／伊井春樹編『源氏物語注釈書・享受史事典』東京堂出版、二〇〇一年／池田亀鑑編『源氏物語大成巻七（研究・資料篇）』中央公論社、一九五六年／今井源衛『紫式部』吉川弘文館、一九六六年／今西祐一郎『源氏物語覚書』岩波書店、一九九八年／今西祐一郎他監修『テーマで読む源氏物語論』（全四巻）勉誠出版、二〇〇八～二〇一〇年／今西祐一郎編注『源氏物語補作　山路の露・雲隠六帖　他二篇』岩波文庫、二〇二二年／上原作和『光源氏物語傳來史』武蔵野書院、二〇一一年／大野晋『源氏物語』岩波書店、一九八四年／大野晋他編『本居宣長全集4』筑摩書房、一九六九年／加藤睦・小嶋菜温子編『源氏物語と和歌を学ぶ人のために』世界思想社、二〇〇七年／工藤重矩『平安朝の結婚制度と文学』風間書房、一九九四年／繁田信一『天皇たちの孤独』角川学芸出版、二〇〇六年／清水好子『紫式部』岩波新書、一九七三年／武田宗俊『源氏物語の研究』岩波書店、一九五四年／玉上琢彌編『紫明抄　河海抄』角川書店、一九六八年／土田直鎮『日本の歴史5　王朝の貴族』中公文庫、二〇〇四年／角田文衛『紫式部伝』法藏館、二〇〇七年／角田文衛・中村真一郎『おもしろく源氏を読む』朝日出版社、一九八〇年／西沢正史編『源氏物語を知る事典』東京堂出版、一九九八年／西村亨『知られざる源氏物語』大修館書店、一九九六年／林田孝和他編『源氏物語事典』大和書房、二

〇〇二年／日向一雅編『源氏物語と仏教』青簡舎、二〇〇九年／藤本泉『源氏物語99の謎』産報、一九七六年／藤本泉『源氏物語の謎』祥伝社、一九八〇年／三谷邦明『入門　源氏物語』ちくま学芸文庫、一九九七年／三谷邦明・三田村雅子『源氏物語絵巻の謎を読み解く』角川学芸出版、一九九八年／三田村雅子『記憶の中の源氏物語』新潮社、二〇〇八年／山本淳子訳注『紫式部日記　現代語訳付き』角川ソフィア文庫、二〇一〇年／『国語国文学研究史大成　第3』三省堂、一九六〇年／『和辻哲郎全集　第四巻』岩波書店、一九六二年／「源氏物語の世界」（渋谷栄一作成のウェブサイト）http://www.sainet.or.jp/~eshibuya/

※本文中に引用した『源氏物語』と『紫式部日記』のテキストは、とくに但し書きがなければ、阿部秋生他校注・訳『完訳　日本の古典　源氏物語』（全十巻、小学館、一九八三～一九八八年）／山本利達校注『新潮日本古典集成　紫式部日記　紫式部集』（新潮社、一九八〇年）所収のものに依拠している。第一章に記載した「若紫」巻の翻刻文については ウェブサイト「源氏物語の世界」も参照した。

著者紹介
古川順弘（ふるかわ　のぶひろ）
1970年、神奈川県生まれ。早稲田大学第一文学部卒。宗教・歴史分野を中心に執筆活動を行っている。
主な著書に『地図とあらすじで歩く「古事記」』（新人物往来社）、『物語と挿絵で楽しむ聖書』（ナツメ社）、『人物でわかる日本書紀』（山川出版社）、『神社に秘められた日本史の謎』『仏像破壊の日本史』『古代豪族の興亡に秘められたヤマト王権の謎』（以上、宝島社）、『秘められた神々』（エムディエヌコーポレーション）などがある。

本書は書き下ろし作品です。

ＰＨＰ文庫　紫式部と源氏物語の謎55

2023年12月15日　第１版第１刷

著　者　古川順弘
発行者　永田貴之
発行所　株式会社ＰＨＰ研究所
東京本部　〒135-8137　江東区豊洲5-6-52
ビジネス・教養出版部　☎03-3520-9617（編集）
普及部　☎03-3520-9630（販売）
京都本部　〒601-8411　京都市南区西九条北ノ内町11

PHP INTERFACE　https://www.php.co.jp/

制作協力
組　版　株式会社PHPエディターズ・グループ

印刷所　大日本印刷株式会社
製本所　東京美術紙工協業組合

　ISBN978-4-569-90377-4